羅元愷診餘詩抄

一位名老中医的家国情怀

罗元恺 著

罗颂平 整理

南方日报出版社
NANFANG DAILY PRESS
中国·广州

罗元恺诊馀诗钞

一位名老中医的家国情怀

罗元恺 著
罗颂平 整理

南方日报出版社
NANFANG DAILY PRESS
中国·广州

图书在版编目（CIP）数据

罗元恺诊余诗钞：一位名老中医的家国情怀 / 罗元恺著．— 广州：南方日报出版社，2022.6

ISBN 978-7-5491-2549-4

Ⅰ．①罗… Ⅱ．①罗… Ⅲ．①诗词－作品集－中国－当代 Ⅳ．① I227

中国版本图书馆 CIP 数据核字 (2022) 第 082318 号

LUOYUANKAI ZHENYU SHICHAO

罗元恺诊余诗钞　一位名老中医的家国情怀

著　　者：罗元恺

整　　理：罗颂平

出版发行：南方日报出版社

地　　址：广州市广州大道中 289 号

责任编辑：周山丹　黄敏虹

责任技编：王　兰

装帧设计：邓晓童

责任校对：裴晓倩

经　　销：全国新华书店

印　　刷：广州市岭美文化科技有限公司

开　　本：889 mm × 1194 mm　1/16

印　　张：10.75

字　　数：83 千字

版　　次：2022 年 6 月第 1 版

印　　次：2022 年 6 月第 1 次印刷

定　　价：128.00 元

投稿热线：（020）87360640　读者热线：（020）87363865

发现印装质量问题，影响阅读，请与承印厂联系调换。

序

欣闻罗元恺著、罗颂平整理的《罗元恺诊余诗钞》出版（简称《诊余诗钞》），得校样披阅一过，不忍释手，喜悦溢于言表，引古人“觉向时之所阙如者，今则輾然以喜矣”语，是书之出版补以前所缺，如今可以喜笑相对，读诗钞专著，足见罗氏书香医学世家涉猎面甚广。

罗元恺教授（下也称“罗老”）是全国著名中医学家、中医教育家，其女罗颂平教授也是广东省名中医、第二届全国名中医，教育部重点学科中医妇科学学科带头人，广东省第七批非物质文化遗产“岭南罗氏妇科诊法”代表性传承人。父女著述等身，罗元恺教授著《罗元恺医著选》《罗元恺论医集》《罗元恺女科述要》等，点注张介宾妇科专著《妇人规》，主编《实用中医妇科学》第一版，高等医药院校教材《中医儿科学》第一、二版以及《中医妇科学》第五版，《高等中医院校教学参考丛书·中医妇科学》；罗颂平教授著《罗元恺妇科经验集》《中华中医昆仑·罗元恺卷》《全国中医妇科流派研究》《罗元恺：中医教育大家　杏林妇科泰斗》《广府罗氏妇科世家》等。

罗老还有几个“首批第一位”：“文革”结束后，1977年大学恢复教授职称评审后我国第一位中医教授；1978年我国首批中医硕士研究生导师以及1985年首批博士研究生导师；我国首批享受国务院政府特殊津贴待遇的中医专家；1991年全国首批老中医药专家学术经验继承工作指导老师。在纪念罗老百年诞辰文集里，有国医大师邓铁涛教授撰写的一篇《教育家、临床家、中医妇科大家》代序："罗元恺也是家庭教育专家，把女儿教育好，培养成学贯中西、传承中医的接班人，成为中医妇科学的学科带头人、名中医，是罗元恺一辈子的重要成就之一。作为中医教育家，罗元恺不仅把众多的中医学生教育好，培养成为国家有用之才，而且将自己的孩子培养成才，让她传承岭南中医妇科学，发展现代中医妇科学，功莫大焉。"

博大精深的中医药学术源于中华传统文化，罗老除了在中医学领域造诣专长，还在其他领域如文学等工诗善书，赋采摛文，艺术涵养以诗言志，直抒胸臆，人格魅力以诗会友，宽容海纳。罗老学识全面，亟须整理其精神文化遗产方面的珍贵资料，以全面呈现一代名医、一代名师精神风貌，展示其不仅对中医学界，同时也对社会各界所作出的重大贡献。罗颂平整理出版的《罗元恺诊余诗钞》，乃具体工作成果，如她在后记所说："通过他的诗词手稿，读者可以体会到一位名医的家国情怀，感受到一位老中医对亲人、同道、朋友的一片真情，欣赏到一位学者、长者的书法"。

《诊余诗钞》的书名新颖。以"诊余"二字起头命名的著述很多，如《诊余杂论》《诊余杂谈》《诊余笔记》《诊余举隅》《诊余漫笔》《诊余医话》《诊余随笔》《诊余感悟》《诊余寄兴》《诊余静思》《诊余札记》等，而以"诗钞"接名者似未见。本诗钞内涵丰富，共分为三部分，计家国情怀（49首）、亲友情深（19首）、闲情逸致（9首）。家国情怀，体现罗老忠诚于党的教育事业，以及罗老的爱国主义、民族精神、乡土观念和重视亲情的中华传统优良品质。如《下放回来感言》："严冬过后接春光，校园今喜换新装。松柏经霜添翠色，桃李吐艳竞芬芳。……"《述怀（二）》："坚持改革为人民，形势喜人好进军。红专结合应相勉，献此晚年不后人。”《二十五周年校庆暨三校联欢》：“春风桃李廿五年，于今盛放竞争妍。三校联欢同聚旧，岐黄医理代代传。”广州中医学院建校于1956年，其前身是广东中医药专门学校和广东省中医进修学校。罗老曾任广东中医药专门学校校长和广东省中医进修学校副校长。1981年是广州中医学院25周年校庆，罗老时任副院长，实质主持大学工作。笔者1982年的研究生毕业证书、学位证书都盖“罗元恺”名。

诗云:“维桑与梓，必恭敬止”。桑与梓是两种树，古人喜欢庭前院后栽种这两种树，后人用“桑梓”代表家乡，我们对待家乡文化要有一种敬重的心理。罗元恺教授热爱乡土，重视亲情。在《调寄忆江南》里写下“广州好，最好是珠江”“羊城好，苍翠越秀山”“穗城好，改革卷巨澜”“西樵好，旧貌变新颜”。罗老是南海西樵人，正是这里，孕育了岭南罗氏妇科学术世代传人。

《诊余诗钞》第二部分写亲情友情师生情；第三部分抒发闲情逸致。往事如昨，如《悼念兴华业余中医学校校长李仲守教授逝世》：“振奋岐黄办兴华，捐资兴学志堪嘉。正赖我公图发展，医坛不幸折奇葩。”又如《赠沛坚君》：“医学无分中与西，理法方药是良规。辨病辨证疗效好，术精内外起垂危。”陈沛坚是广州中医药大学中西医结合内科专家。1987年，由陈镜合、陈沛坚、程方等主编的《当代名老中医临证荟萃》在广东科技出版社发行。当时陈沛坚老师请罗元恺教授题写书名，罗老有感于陈沛坚老师西医学习中医的热忱，乃题诗相赠。他们也是笔者的老师，曾经手把手授业传道于我。再如全国著名中医大家北京任应秋教授从医五十年献词：“从医五十载，育才逾万千。杏林一盛事，盛况实空前。惜我难与会，亲临献颂词。引颔遥首望，祝君寿百年。”赠予黑龙江中医药大学教授、龙江韩氏妇科流派代表性医家韩百灵的诗词：“传经不远三千里，靡分南北与西东。老当益壮堪钦佩，羊城冬暖喜相逢。”“南北风光同样好，满园桃李已成阴。岐黄学术传寰宇，训诲谆谆见赤忱。”韩氏妇科与罗氏妇科齐名，素有“南罗北韩”之称，《诊余诗钞》存史彰显，罗老不愧大师手笔。

忆当年，笔者两次求教罗老于广州惠福路扁担巷家居。我是1979届硕士研究生，为完成学位论文，曾请罗老解读广东中医药专门学校校训“上医医国，先觉觉民”：良相治国，良医治病，治理国家与治病救人都是同样崇高伟大的；从事中医教育的老师及年轻医学生是民众之先觉者，先觉觉后觉，要有担当责任与勇气。40多年过去了，罗老音容宛在。《罗元恺诊余诗钞》由其女儿罗颂平整理出版，嘱余写序，读后目识心融，爰不辞而为之，错漏处以俟后来者补正。

广州中医药大学教授、主任医师、博士生导师

广东省中医药学会岭南医学专业委员会主任委员

刘小斌

2022年5月6日

目录

第二部分　亲友情深

第三部分　闲情逸致

罗元恺传略

罗元恺，字世弘，1914年10月出生于广东省南海县西樵山。其父罗棣华乃晚清儒生，以儒通医，悬壶于南海、广州等地；后参加北伐，善治热病，对温病颇有研究。罗元恺在这样一个书香之家中排行第七，是唯一继承父业从医者。

他童年就读于乡间私塾，诵四书五经，读古文诗词，临帖练书法，亦在父亲的熏陶下，诵读方书，随父侍诊，立志以医为业。但他并不满足于父子相传、师承授受的家学，而冀望于当时新兴的中医院校教育。

1930年，罗元恺如愿考入广东中医药专门学校。该校是广州与香港11家中药商行联合出资兴办的五年全日制中医院校，于1924年创办，由当时的名医任教，以“上医医国，先觉觉民”为校训。罗元恺是该校第七届学生。在学期间，他与10名同学组成“克明医学会”，研讨学习中的疑难，撰写医学论文，互相交流，还编印了《克明医刊》。他在毕业前就考取了广州市中医师执照。1935年，他以总成绩第一名毕业，留任该校之附属广东中医院医师，开始其医生生涯。当时他是以内科为主，兼顾妇儿科，在门诊和病房诊治患者，处理过各种疑难重症，打下牢固的临证功底。

在此期间，他还利用诊余时间，就读于广州大学。他当时的老师有留日学者、刚回国任教的梁式文先生，同学有麦华三先生。麦华三后来成为广州美术学院著名书法教育家。

罗元恺

1938年10月，日军在广东大亚湾登陆，直逼广州。广州沦陷前，广东中医院被迫停业，人员疏散。罗元恺与家人离开广州，返回故乡。一个月后，日军进犯南海，他带家人转道香港，行医谋生。1939年，广东中医药专门学校迁至香港授课，他受聘为教师教授《金匮要略》。

1941年底，香港被日军攻陷，学校再次停办。罗元恺带着新婚的妻子，与父母、弟弟一起逃难，于1942年初经广西辗转前往当时的后方——粤北的韶关市。在此期间，他父亲和一个弟弟先后得病去世。在韶关安顿后，他一边开业行医，一边与学校的校董、校友筹划复办广东中医药专门学校。当他们找到校址，准备开课之时，又传来日军将犯韶关的消息，复校之事告吹。罗元恺偕家眷转往广东西北部的连县（今之连州市）。他继续开办中医诊所，并与当地老中医赵伯平合作创办连县中医讲习所。罗元恺承担了编写讲义和授课等主要工作。经两年的努力，已有一班学生结业并在当地行医。

抗日战争时期，罗元恺背井离乡，辗转于香港、湘桂、粤北等地达七年之久，不愿做日伪的“顺民”。虽颠沛流离，生活艰难，亲人离世，他自己也得过重病，但他仍执着于中医教育，致力于培养中医人才。1945年抗战胜利，是年底，罗元恺返回广州，并与校董、校友们取得联系，筹划复办广东中医药专门学校。

由于沦陷期间校址被日军占据，设备已全部散失，校舍亦满目疮痍。经一番努力，1947年收回部分校舍，恢复招生，在秋季复课，潘诗宪担任校长。罗元恺重返母校任教，担任儿科教师。1948年秋，医院亦得以复业。1949年广州解放，潘氏离职前往香港。1950年初，36岁的罗元恺就任广东中医药专门学校校长。1951年，罗元恺兼广东中医院院长。

1949年10月14日，广州解放。广东省人民政府重视高等教育，广东中医药专门学校被省文教厅纳入广州11所大专院校之列，首次成为政府认可的高等院校。学校得到政府的资助，获得图书补助费、学生助学金，毕业证书由中南教育部盖印颁发，毕业生由国家分配工作。中医事业呈现前所未有的光明前景。罗元恺深感振奋，他废寝忘食地辛勤工作，从招生考试、课程设置、教学安排、学生管理到医疗质量、医院行政，事必躬亲，同时广纳人才，使学校与医院的工作走上正轨；除修复原有校舍外，还新建了人体解剖室、药理研究室等，使教学基础设施渐趋完善。办学经费得到香港药业三行的支持，学校在短期内获得了新生。

然而，中医事业的发展不是一帆风顺的。1953年，学校突然接到省卫生厅转来卫生部的通知："勿需培养新中医的必要。"不许再招生，并强令一年级的在校学生转到卫生学校就读。广东中医药专门学校被改为广东省中医进修学校，原有二年级以上的学生继续就读至毕业。1955年全部学生完成学业，广东中医药专门学校就完成了其历史使命。

罗元恺从1953年开始兼任广东省中医进修学校副校长。按照文教厅的规定，进修学校主要讲授西医课，让原有的中医经过进修而掌握西医基本技能。但罗元恺任职期间，仍坚持安排一些中医课程，使来自全省各地的中医师在进修学校得到比较系统的学习，中医水平亦得到巩固和提高。

1956年，周恩来总理根据毛泽东主席的指示，在全国开设4家公立中医学院。是年5月，罗元恺被任命为广州中医学院筹备委员会委员，参与制订规划、选择校址等工作。当时广东省中医进修学校刚停办不久，学校虽规模不大，但校舍、设备尚齐备，因此，广州中医学院就在该校的原址上筹办起来了，许多校友都积极参与了广州中医学院的筹备工作。1956年9月，广州中医学院招生开学，罗元恺任《金匮要略》教研组组长。1958年广东省中医进修学校并入广州中医学院成为进修部，他就任院务委员会委员、进修部主任兼妇儿科教研组主任。

1961年，罗元恺作为《中医儿科学》主编参与全国高等医药院校首套统编教材的编写，该教材在1962年出版。其后，继续主编《中医儿科学》第二版，

罗元恺在研读医书

该书在1964年出版。他致力于中医教育事业，身体力行，兢兢业业地培养中医人才。对于中医教学工作，罗元恺强调因材施教和理论联系实际。他的学生既有“未出茅庐”的青年，也有临床多年的中医，或经验丰富的西医，亦不乏中医院校的青年教师。针对不同的教学对象，他提出不同的要求，并为不同的班种编写讲义。在讲课前，他根据学生的基础来备课，结合其实际需要，或偏重于理论，或详尽于临床，并尽量增补最新的研究资料。他每次讲课都认真准备，就算是同一班种，他也要重新备课，不断更新内容。他一向以临床课教学为主，从早期的内科杂病（《金匮要略》）到后期的儿科、妇科，都属于临床科目，故他特别注重理论与实际相结合。他讲课善于引用临床实例，条理清楚，讲解透彻，深受学生欢迎。在课堂教学之余，他也非常注重临床教学，除了自己坚持查房、门诊等临床工作，还亲自安排学生的见习、实习，让学生在实践中学习诊疗疾病的技能。

从1966年到1976年，是“文革”的十年浩劫。罗元恺在“文革”初期也受到冲击，中医学院的造反派以“清四旧”为名，抄走了罗元恺家中的书籍、字画、衣物等，包括他父亲手写的一副对联，那是他珍藏的父亲遗物。事过半年，广州发生流行性脑膜炎，当时正是“文革”中武斗猖獗的时候，医院临时设立流脑病区，人员不足，设备简陋，罗元恺临危受命，参加流脑的诊治工作。他根据岭南温病的理论，分析病情，以清瘟败毒饮加减，治疗500多例，仅2例死亡。当时有一个曾到罗元恺家里抄家的“造反派”学生也得病住院，罗元恺不计前嫌，成功救治了这个大学生，她治愈后，面有愧色，感谢老师救命之恩。1968年，广州各大高校在三水县芦苞镇设五七干校，罗元恺亦被下放干校，每天种地、拉车、放牛，学做农活，过着极其艰苦的农耕生活。其后，各高校又自建干校，广州中医学院的干校设在粤北的南雄县（今南雄市）。罗元恺因1951年担任广东中医药专门学校校长期间曾单独前往香港与药材商行洽谈并取回数万元的办学经费，在“文革”后期“清理阶级队伍”的时候，被以“特嫌”身份隔离审查，又在南雄五七干校关了半年。在艰难的日子里，他坚信事实终会澄清，自己仍将返回医疗、教学的岗位。他在苦闷的时候，默念孟子的名言：“天将降大任于是人也，必先苦其心志，劳其筋骨，饿其体肤，空乏其身，行拂乱其所为，所以动心忍性，曾益其所不能。”以此振奋精神，坚定信心。

1971年，大学复课，招收工农兵大学生。罗元恺也回到他热爱的教学岗位。广州中医学院把原有的妇儿科教研组分为妇科与儿科两个教研室，罗元恺担任妇科教研室主任，并参与编写《中医妇科学》第四版教材和《中国医学百科全书·中医妇科分册》。

1976年“文革”结束。罗元恺终于迎来了学术生命中的第二个春天！1977年广东省首先恢复大学教授的评审，亦第一次在中医学院设“中医教授”职称。罗元恺成为广州中医学院的第一位教授，也是中国中医院校的第一位中医教授。1979年，他被卫生部任命为广州中医学院副院长，主管教学和研究生工作。中医研究生培养从1978年开始，广州中医学院是首批招收研究生的院校之一。当时，中国的高等教育百废待兴，中医研究生教育刚刚起步，导师遴选、课程设置、研究生考核与管理、学位授予等各个环节，都需要探索、建制、完善。罗元恺团结校内的专家，凝聚集体智慧，也借鉴外校经验，邀请国内名家前来讲学，使广州中医学院的研究生教育很快走上正轨。罗元恺作为中医妇科学第一代学科带头人，是首批获中医硕士、博士学位授予权的研究生导师之一。他也培养了广州中医学院第一个博士研究生。1980年起，他还兼任国务院学位评定委员会第一届学科评议组成员，参与全国中医学、中药学博士、硕士学位授权点的评审工作。

1983年，罗元恺年届七十，他主动请辞副院长职务，认为年事已高，应专注于学术研究，行政管理工作可以交给年富力强者，此举得到卫生部批准，他还被任命为广州中医学院顾问。同年，他作为卫生部高等中医药院校教材编审委员会委员，担任《中医妇科学》第五版教材主编。这部教材的编写凝聚了他的心血，是他在中医妇科领域立下的学术标杆。教材副主编曾敬光，编委夏桂成、徐志华、毛美容均为中医妇科的知名专家，刘敏如、张玉珍等参与编写。罗元恺还邀请了天津哈荔田教授和黑龙江韩百灵教授为教材的审稿专家，集思广益，对妇科常见病和疑难病的定义、中医妇科理论、名词术语进行认真的讨论，形成共识。如对“崩漏”的定义，首次提出“经血非时暴下或淋漓不止”的概念，体现了严谨的治学态度。这部教材自1986年出版以来，在全国中医院校使用10余年，后来还作为香港回归后注册中医师考试的蓝本，亦被台湾长庚大学中医学系作为教材，是学术影响最大的中医教材之一。在第五版《中医妇科学》出版后，罗元恺继续主编《高等中医院校教学参考丛书·中医妇科学》，1988年问世后，以内容丰富、资料翔实而成为中医妇科教师备课的案头书，也成为学生学习的重要参考书。该书于1989年由知音出版社在台湾印行。

作为全国著名的中医学家和中医教育家，罗元恺长期从事中医教学与行政管理工作，但他从未脱离临床，亦孜孜不倦地进行学术研究。早年从内科杂病

罗元恺（中）与哈荔田（左）、韩百灵（右）合影

着手，打下扎实的临证基础，进而涉及儿科、妇科，晚年则专注于妇科。他注重经典，博采众长，在学术上受陈自明《妇人大全良方》、张介宾《妇人规》和傅山《傅青主女科》等名家医著的影响，注重脾肾和气血，调理冲任，还融

合了岭南温病学派养阴保津的学术观点，形成自己的学术风格，对治疗月经不调、崩漏、闭经、痛经、滑胎、不孕，以及更年期综合征、子宫内膜异位症、子宫肌瘤等有丰富经验。1962年和1978年罗元恺均被评为“广东省名老中医”。1984年中华全国中医学会成立妇科专业委员会，哈荔田当选主任委员，罗元恺和蔡小荪当选副主任委员。罗元恺是我国首批享受国务院特殊津贴的中医专家。1991年被遴选为全国首批老中医药专家学术经验继承工作的导师之一。其学术继承人张玉珍、罗颂平在1994年结业出师。

罗元恺注重传承，也勇于创新。1982年创制了补肾安胎的滋肾育胎丸，曾获1983年卫生部科技成果乙等奖、1997年国家教委科技进步（丙类）三等奖；1984年又创制了活血止痛的田七痛经胶囊，获1986年广州市科委成果三等奖。罗元恺指导其研究生罗颂平探讨“月经周期的调节及其与月相的关系”，获1987年国家中医药管理局科技进步乙等奖；参与“广东省名老中医电脑诊疗系统”的研究，获1991年广州市科技进步三等奖；指导研究“免疫性自然流产与免疫性不孕的中医治疗”，获1996年广东省中医药科技进步一等奖、1997年广东省科技进步二等奖和国家中医药管理局中医药科技进步三等奖。

他勤于著述，笔耕不辍。1980年出版的《罗元恺医著选》收集了他从20世纪50年代到70年代的主要论文和医案；1990年出版的《罗元恺论医集》和1994年出版的《罗元恺女科述要》则是他晚年的著述。他还全文点注了明代名医张介宾《景岳全书·妇人规》，使张氏妇科专著《妇人规》首次单独刊行。《实用中医妇科学》是他主编的最后一部专著，于1994年12月出版。

罗元恺以传播和振兴中医药为己任，桃李遍布海内外。他作为新中国成立后第一代的中医妇科学术带头人，30多年来勤恳耕耘，立业树人，以自身的成就带动了学科的建设和发展。他培养和造就了第二、三代学科带头人，并培育了一批硕士、博士。他的学术成就和医术在东南亚、欧美地区有较大的影响。他在晚年仍赴泰国、新加坡、中国香港和中国澳门等地讲学，并出席第二、三届亚细安中医药学术大会，在国内外颇有声望。他的生平和成就已被载入英国剑桥《世界名人录》和美国《国际名人辞典》。

罗元恺不仅是一位中医专家，而且是一位社会活动家。他在1951年加入中国民主同盟，曾任民盟广州中医学院支部主委。1963年当选第三届广东省人大代表。1978年起连任第五、六、七届全国人大代表，在每年的人大会议上，为振兴中医积极呼吁，撰写提案，争取政府部门对中医教育的支持。他曾任中华医学会理事和中华全国中医学会理事、广东省中医药学会副会长。1984年作为团长率广州中医专家代表团访问泰国，推介中医中药，被誉为“送子观音”。晚年还参与创办广州兴华中医药业余学校，并担任名誉校长，该校为中医爱好者提供了业余学习中医药知识的平台，曾被评为广州市社会办学先进单位。

罗元恺对中国文化有深厚的造诣，喜欢诗词与书法，爱好欣赏碑帖，晚年还留下一部《诊余诗钞》。其中一首《述怀》曰：“光阴如驶八十春，术擅岐黄达六旬。回顾历程多险阻，今朝驰骋向通津。八十春秋瞬息过，杏林建树愧

罗元恺（1994年）

罗元恺与女儿罗颂平合影

无多。喜看桃李花如锦，名医辈出胜叔和。”烈士暮年，壮心不已！

1994年，广州中医学院举办了“罗元恺教授八十寿诞暨从医从教六十周年”庆祝大会。时任广东省副省长卢钟鹤亲临祝贺，医学界、教育界名流以及罗元恺早年的学生、同事、朋友等欢聚一堂，广州各大报刊亦撰文报道。

罗元恺于1995年2月因病逝世，享年81岁。在他去世后的10多年里，后人还陆续整理出版了他的几部专著：《中国百年百名中医临床家丛书·罗元恺》（中国中医药出版社，2001年）、《罗元恺妇科经验集》（上海科学技术出版社，2005年）、《罗元恺妇科学讲稿》（人民卫生出版社，2011年）、《中华中医昆仑·罗元恺卷》（中国中医药出版社，2011年）。2011年，广州中医药大学在建校55周年之际，在广州大学城校园为罗元恺、黄耀燊、李仲守三位名医铸造了铜像。2016年，广州中医药大学第一附属医院给罗元恺和黄耀燊教授铸造了铜像。他永远留在工作过的校园和医院，守护着中医人的精神家园。

罗颂平

第一部分

家国情怀

海南島閒居偶感

韶華消逝鬢成斑
瑰丽青春去不還
昔日風光如梦境
當年韻事記瞬間
壯志漸隨人老去
功名向与世無爭
但願妻儿常作伴
得安閒處且安閒

广西都安书画纸厂出品

海南岛闲居偶成

韶华消逝鬓成斑，瑰丽青春去不还。
昔日风光如梦境，当年韵事记瞬间。
壮志渐随人老去，功名向与世无争。
但愿妻儿常作伴，得安闲处且安闲。

◆ 注：1972年，广州中医学院与广州部队生产建设兵团举办西医学习中医班。罗元恺与岑泽波、梁忠文等广州中医学院的老师到海口授课，为期八个月。

下放回来感言

嚴冬過后接春光，校園人人喜換新裝。松柏經霜添翠色，桃李吐艷說芬芳。普及科研齊躍進，師生群干互幫育苗，甘作園丁冬杏林繁茂萬千紅。

广西都安书画纸厂出品

下放回来感言

严冬过后接春光，校园今喜换新装。
松柏经霜添翠色，桃李吐艳竞芬芳。
医教科研齐跃进，师生群干互赶帮。
育苗甘作园丁老，杏林繁茂万千行。

◆ 注：1968年和1971年，罗元恺先后被下放到三水南边的广东省南边五七干校和广州中医学院南雄五七干校劳动，接受所谓“历史问题”的审查。问题澄清后，罗元恺在南雄的“五七医院”从事医疗工作。1971年返回广州，又到海南岛的西医学习中医班讲课。1973年才返回广州中医学院工作。

一九七八年喜賦

（一）

堅持真理經折磨　四害橫行奈若何
榮膺教授兼人代　老樹新枝浴春和

（二）

晩年有女足自豪　繼業有人道不孤
新松盼長高千尺　藍天作紙繪宏圖

广西都安书画纸厂出品

一九七八年喜赋

（一）

坚持真理任折磨，四害横行奈若何？

荣膺教授兼人代，老树新枝浴春和。

（二）

晚年有女足自豪，继业有人道不孤。

新松盼长高千尺，蓝天作纸绘宏图。

◆ 注：1977年广东省在全国率先恢复教授评聘，广州中医学院仅罗元恺获教授聘书。罗元恺成为广州中医学院第一位教授，也是新中国第一位中医教授。翌年被选为第五届全国人大代表。独生女儿罗颂平亦开始学习中医。

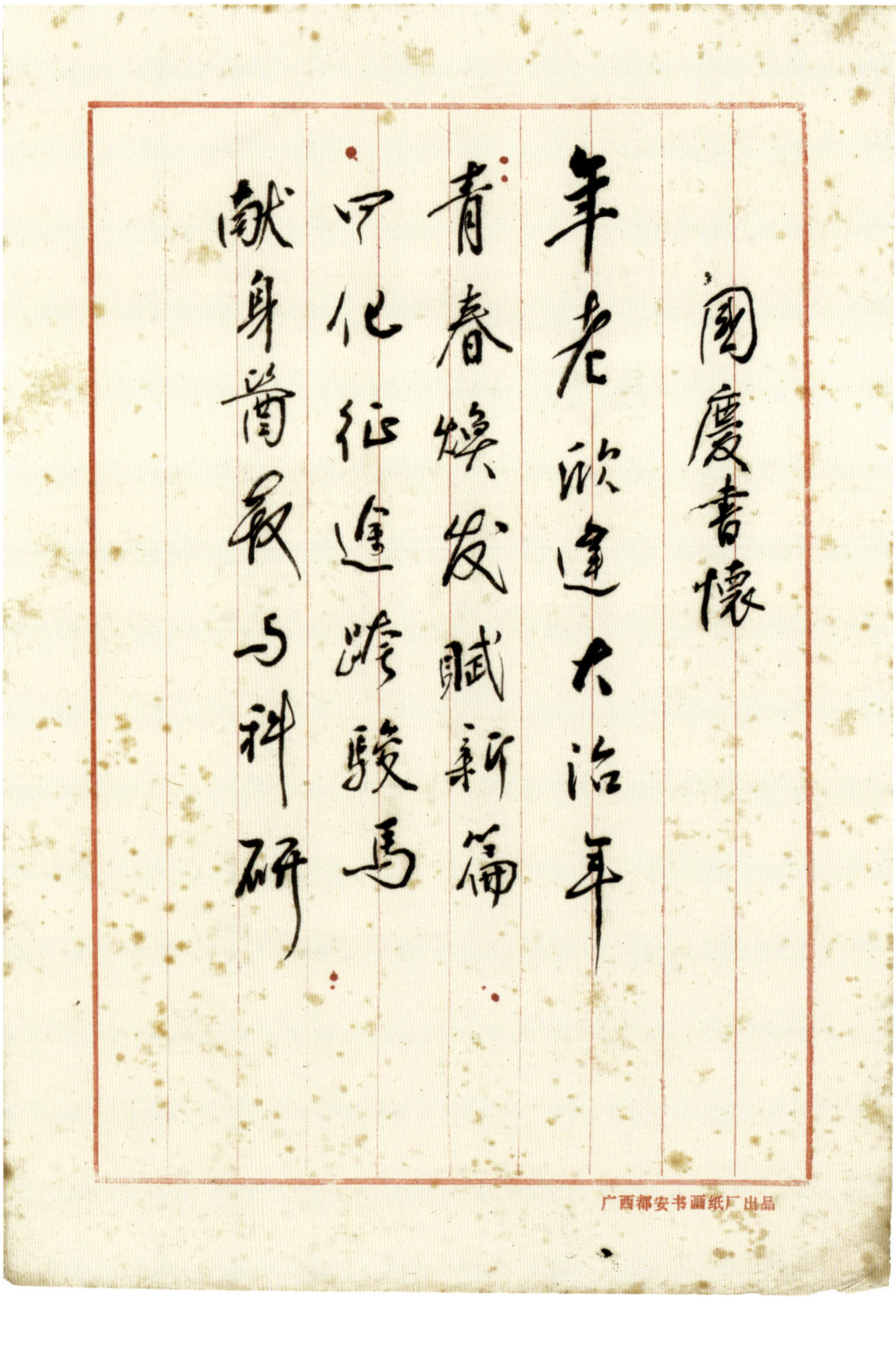

國慶書懷

年老欣逢大治年
青春煥發賦新篇
四化征途跨駿馬
獻身醫藥與科研

广西都安书画纸厂出品

国庆书怀

年老欣逢大治年，青春焕发赋新篇。
四化征途跨骏马，献身医教与科研。

二十五周年校慶暨三校聯歡

春風桃李廿五年
枝枝盛放競爭妍
三校聯歡同聚信
岐黃醫理代代傳

广西都安书画纸厂出品

二十五周年校庆暨三校联欢

春风桃李廿五年，于今盛放竞争妍。
三校联欢同聚旧，岐黄医理代代传。

◆ 注：广州中医学院建校于1956年。其前身是广东中医药专门学校和广东省中医进修学校。罗元恺曾任广东中医药专门学校校长和广东省中医进修学校副校长。1981年是广州中医学院25周年校庆，罗元恺时任副院长。

述懷（一）

中西結合創新篇
進軍科技好時機
理論鑽研須努力
勤求古訓出真知

述怀（一）

中西结合创新医，进军科技好时机。
理论钻研须努力，勤求古训出真知。

述懷（二）

堅持改革為人民
形勢喜人好進軍
红專結合應相勉
献此晚年與后人

广西都安书画纸厂出品

述怀（二）

坚持改革为人民，形势喜人好进军。
红专结合应相勉，献此晚年不后人。

暢懷調「攻堅」 步葉帥原韻

(一)

年老志益堅
心紅不怕難
中西醫結合
邁步越雄關

(二)

鼓勁勇攻堅
辛勤克萬難
創造新醫學
攀超世界關

广西都安书画纸厂出品

畅怀诵『攻坚』

步叶帅原韵

（一）

年老志益坚，心红不怕难。
中西医结合，迈步越雄关。

（二）

鼓劲勇攻坚，辛勤克万难。
创造新医学，攀超世界关。

◆ 注：叶剑英元帅诗《攻关》："攻城不怕坚，攻书莫畏难。科学有险阻，苦战能过关。"

治学

中華醫藥肇岐黄
診病春回代有方
博学多聞勤實踐
精專業績更輝煌

治学

中华医药肇岐黄，万病春回代有方。
博学多闻勤实践，精专业绩更辉煌。

偶成

晚年逢盛世
貢獻愧無多
振興中醫藥
豈可再蹉跎

广西都安书画纸厂出品

偶成

晚年逢盛世，贡献愧无多。
振兴中医药，岂可再蹉跎！

从醫五十年感言（一）

五十年来醫教研
喜看桃李满園開
杏林春暖花如火
願将餘熱育英才

从医五十年感言（一）

五十年来医教研，喜看桃李满园开。
杏林春暖花如火，愿将余热育英才。

从医五十年感言（二）

涉足医林五十年
喜看桃李竞争妍
於今代有才人出
继往开来创新篇

广西都安书画纸厂出品

从医五十年感言（二）

涉足医林五十年，喜看桃李竞争妍。
于今代有才人出，继往开来创新篇。

七十五歲述懷

年過古稀志未殘
中醫事業尚艱難
老驥焉能甘伏櫪
鼓其餘勇續登攀

广西都安书画纸厂出品

七十五岁述怀

年过古稀志未残，中医事业尚艰难。
老骥焉能甘伏枥，鼓其余勇续登攀。

和海外某君

歷史長河滚滚流
濁浪滔滔未足愁
祖國風光今勝昔
愧無建樹敢云休

和海外某君

历史长河滚滚流，浊浪滔滔未足愁。
祖国风光今胜昔，愧无建树敢云休？

无题

驳女子以肝为先天之说

妇女得解放
肝郁自能疏
先天当属肾
主次莫混和

无题

驳『女子以肝为先天』之说

妇女得解放，肝郁自然疏。
先天当属肾，主次莫混和。

回乡有感

五十年来返故乡
农村面貌大改良
越岭风光今胜昔
往事依稀足思量

广西都安书画纸厂出品

回乡有感

四十年来返故乡，农村面貌大改良。
樵岭风光今胜昔，往事依稀足思量。

忆江南

思往事，日寇逞横蛮，大好神州遭浩劫，七年逃难避凶残，难忘血斑斑。

忆江南

思往事，
日寇逞横蛮，
大好神州遭浩劫，
七年逃难避凶残，
难忘血斑斑。

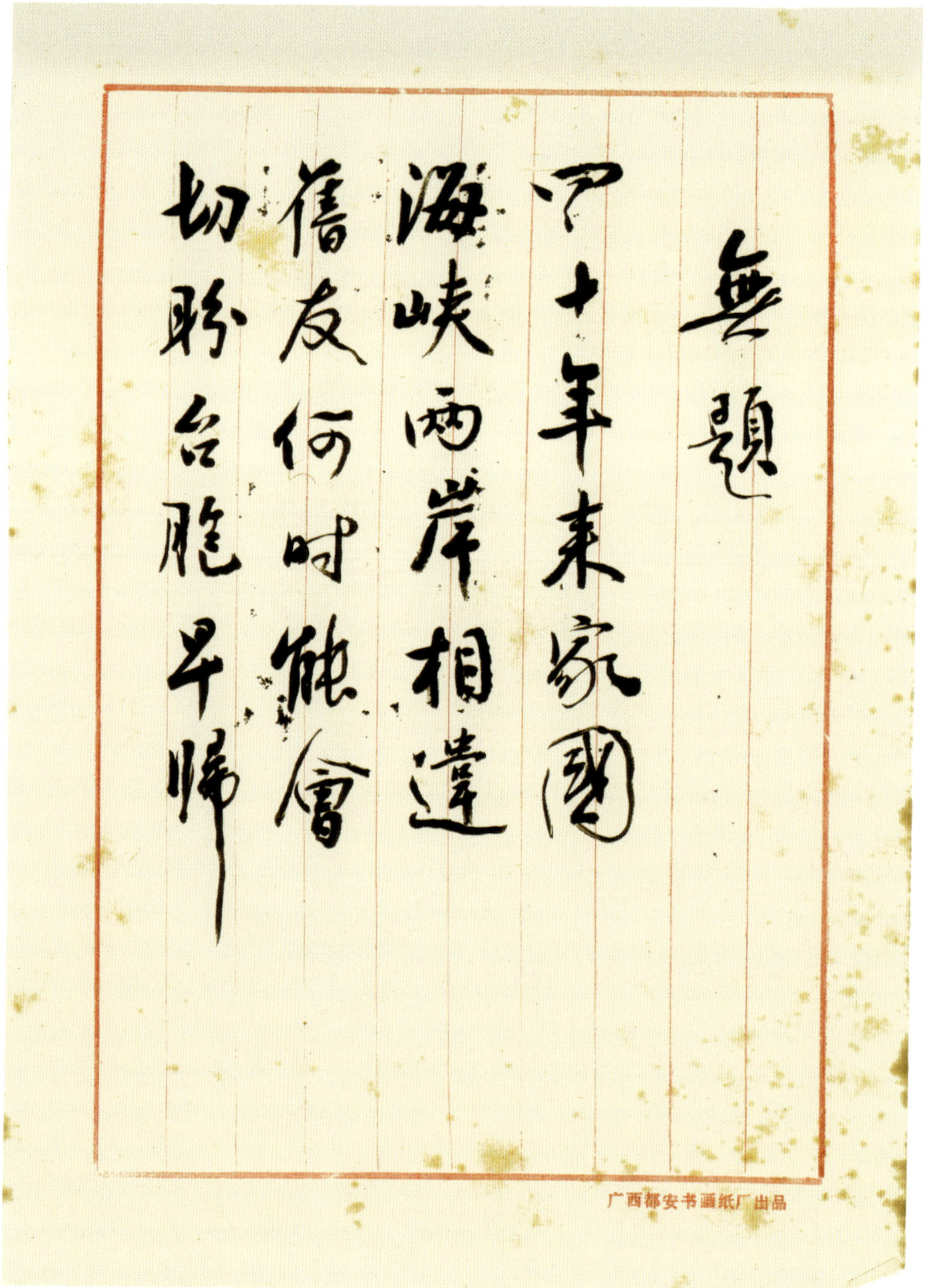

無題

四十年来家國
海峡兩岸相違
舊友何时能會
切盼台胞早歸

广西都安书画纸厂出品

无题

四十年来家国，海峡两岸相违。
旧友何时能会？切盼台胞早归。

無題

兄弟鬩墻仇不解
倭寇豺狼認帝兄
世子但知財與勢
犧牲何價哭群英

无题

兄弟阋墙仇不解，倭寇豺狼认弟兄。
世事但知财与势，牺牲何价哭群英。

寄赠台湾友人

四十多年无消息，忽从海外盼踪迹，欣知故人
尚健强，境况怡然弥安适。未审何日得重逢，共
叙友谊相羽翼。昔朋散乱多为鬼，生者衰老难
认识。世事变幻殊渺茫，海峡两岸风雷激，风
雷激，祖国统一胜朝夕。

寄赠台湾友人

四十多年无消息，忽从海外明踪迹。
欣知故人尚健强，境况怡然弥安适。
未审何日得重逢？共叙友谊相羽翼。
旧朋散乱多为鬼，生者衰老难认识。
世事变幻殊渺茫，海峡两岸风雷激。
风雷激，祖国统一盼朝夕！

詠元宵

己巳春病中戲言二首

其一

元宵佳節花戲鬧
滿室生息兆泰来
春風送暖生機旺
正氣康復展雄才

咏元宵 其一

己巳春病中感言二首

元宵佳节花盛开，满室生香兆泰来。
春风送暖生机旺，正气康复展雄才。

詠元宵　其二

滿城爆竹慶元宵
萬里奔馳祝馬年
堅持改革兼開放
全民躍進創新篇

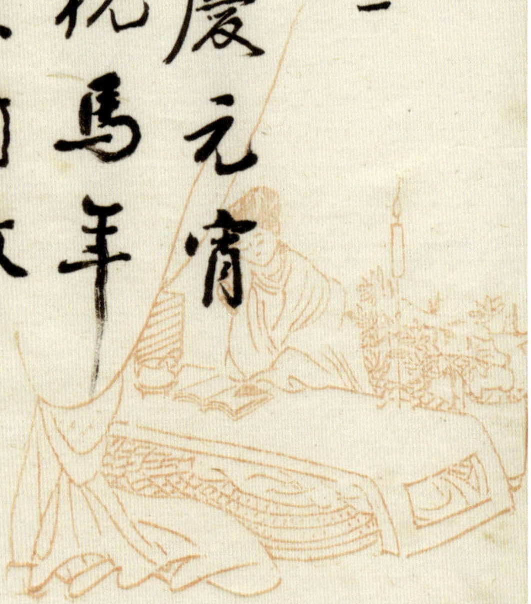

咏元宵 其二

满城爆竹庆元宵，万里奔驰祝马年。
坚持改革兼开放，全民跃进创新篇。

病中雜詠　其一

七十六年瞬已過
黃金歲月早消磨
世間浮沉隨波轉
名利於我又若何
撫心未作虧人事
大半人生歷坎坷

病中杂咏

其一

七十六年瞬已过，黄金岁月早消磨。
世事浮沉随波转，名利於我又若何？
抚心未作亏人事，大半人生历坎坷。

其二

晚年工作倍人急
無奈殘軀病却多
心有餘兮力不足
補益真氣緒沉疴
頤養精神康復后
再馳騁菁壇奏凱歌

其二

晚年工作催人急，无奈残躯病却多。
心有余兮力不足，补益真气胜沉疴。
颐养精神康复后，驰骋医坛奏凯歌。

其三

病榻多思想，
世事尚嚣喧。
实践唯真理，
奚劳费宣传。

其三

病榻多思想，世事尚嚣喧。
实践唯真理，奚劳费宣传。

其四

兄妹港穗各分離
疾苦相扶急難期
閩山阻隔遙相念
自由出入待何時

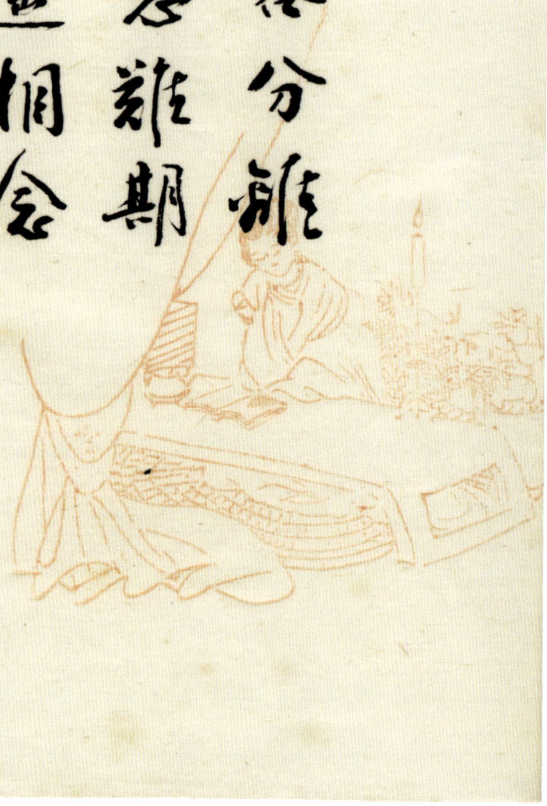

其四

兄妹港穗各分离，疾苦相扶总难期。
关山阻隔遥相念，自由出入待何时？

◆ 注：20世纪80年代初，粤港两地未有自由行，罗元恺的弟弟、妹妹居住香港，难以往来见面。

其五

出國熱潮日日增
只緣生活不如人
愛戴家鄉誰例外
才華委屈志難申
誰別妻兒悲愴事
異地謀生實苦辛
華夏若能都富足
何必悽徨往外奔

其五

出国热潮日日增，只缘生活不如人。
爱戴家乡谁例外？才华委屈志难申。
离别妻儿悲惨事，异地谋生实苦辛。
华夏若能都富足，何必凄惶往外奔？

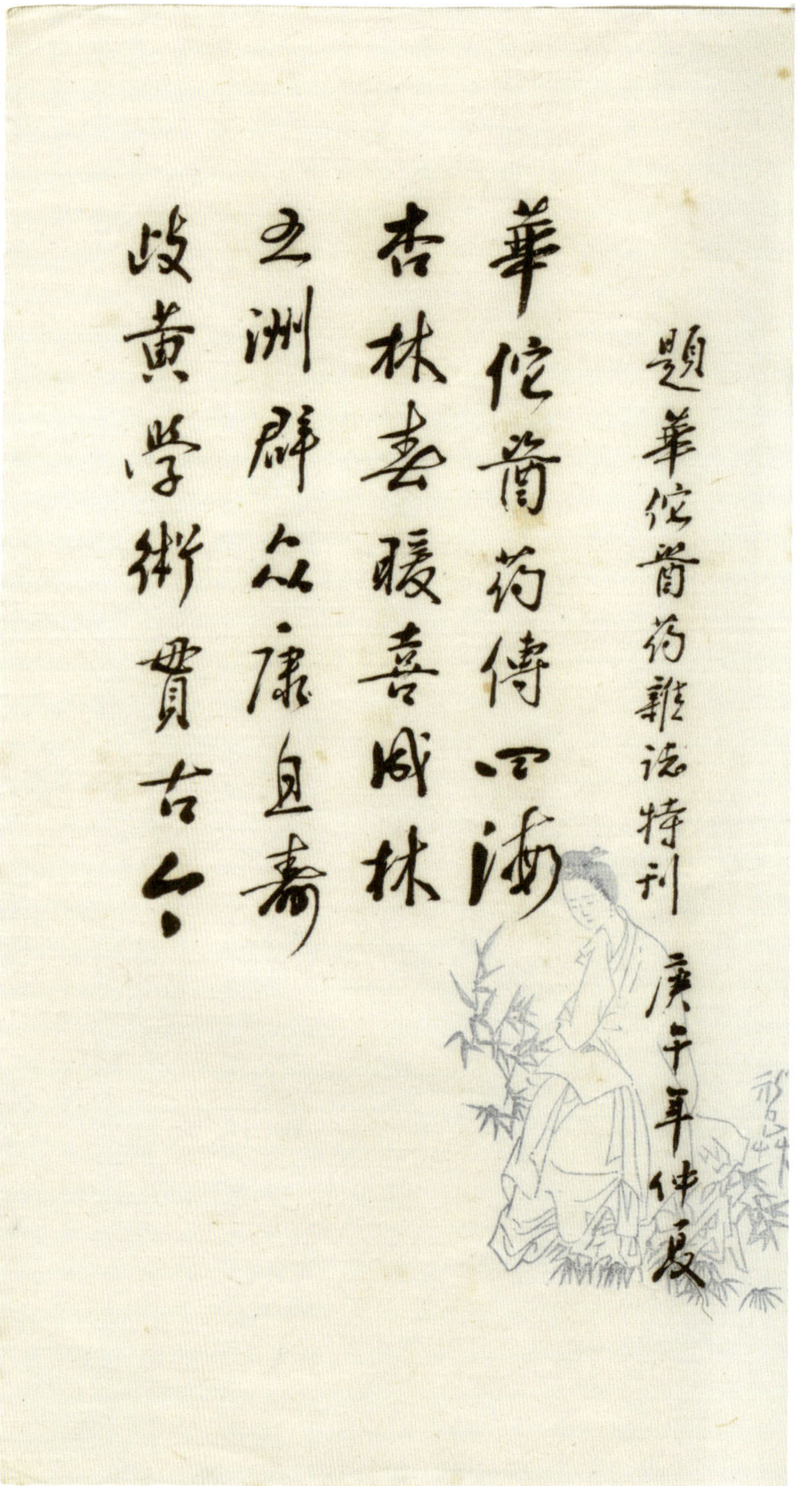
題華佗醫藥雜誌特刊

華佗醫藥傳四海
杏林春暖喜成林
五洲群众康且壽
岐黃学術貫古今

庚午年仲夏

题华佗医药杂志特刊

庚午年仲夏

华佗医药传四海，杏林春暖喜成林。
五洲群众康且寿，岐黄学术贯古今。

春日偶成

春風桃李發千條
百花齊放競爭妍
育林定見英才出
科研成果盼青年

春日偶成

春风桃李万千条，百花齐放竞争妍。
医林定有英才出，科研成果盼青年。

憶江南

中醫好整體觀念強臟腑經絡
相聯繫辨證施治法優良八綱
重陰陽

忆江南

中医好，
整体观念强，
脏腑经络相联系，
辨证施治法优良，
八纲重阴阳。

调寄忆江南（三首）

廣州好最好是珠江兩岸層樓
鱗次立入夜灯火競輝煌水
陸往來忙

调寄忆江南（三首）

（一）

广州好，
最好是珠江，
两岸层楼鳞次立，
入夜灯火竞辉煌，
水陆往来忙。

羊城好蒼翠越秀山遠
眺元城新景象紅棉盛
放艷如丹春色滿人間

（二）

羊城好，
苍翠越秀山，
远眺花城新景象，
红棉盛放艳如丹，
春色满人间。

穗城好改革捲巨瀾工农商
学齋努力奮勇往高攀經濟
喜翻番

（三）

穗城好，
改革卷巨澜，
工农商学齐努力，
奋勇往高攀，
经济喜翻番。

憶江南

西樵好，舊貌變新顏。山上山下路相接，樓台賓館建其間，遊客便往還。

忆江南

西樵好，
旧貌变新颜，
山上山下路相接，
楼台宾馆建其间，
游客便往还。

忆江南

桂城好，南海新縣城，全盤計劃安排妥，分區建设善經營，佛山一衛星。

注：南海县城原在佛山市，自行政改革佛山市管辖县后，南海县便在佛山市旁建立桂城作为县治所在地，全新建设，成为佛山市的卫星城。

忆江南

桂城好，
南海新县城，
全盘计划安排妥，
分区建设善经营，
佛山一卫星。

◆ 作者自注：南海县城原在佛山市，自行政改革，佛山市管辖县后，南海县便在佛山市旁建立桂城作为县治所在地，全新建设成为佛山市的卫星城。

小住西山碧雲賓館有感 一九九〇年八月

賓館新建碧雲前，五十春秋憶少年。世事蒼茫多變幻，重遊舊地實惘然。

小住西樵山碧云宾馆有感

一九九〇年八月

宾馆新建碧云前，五十春秋忆少年。
世事苍茫多变幻，重游旧地感惘然。

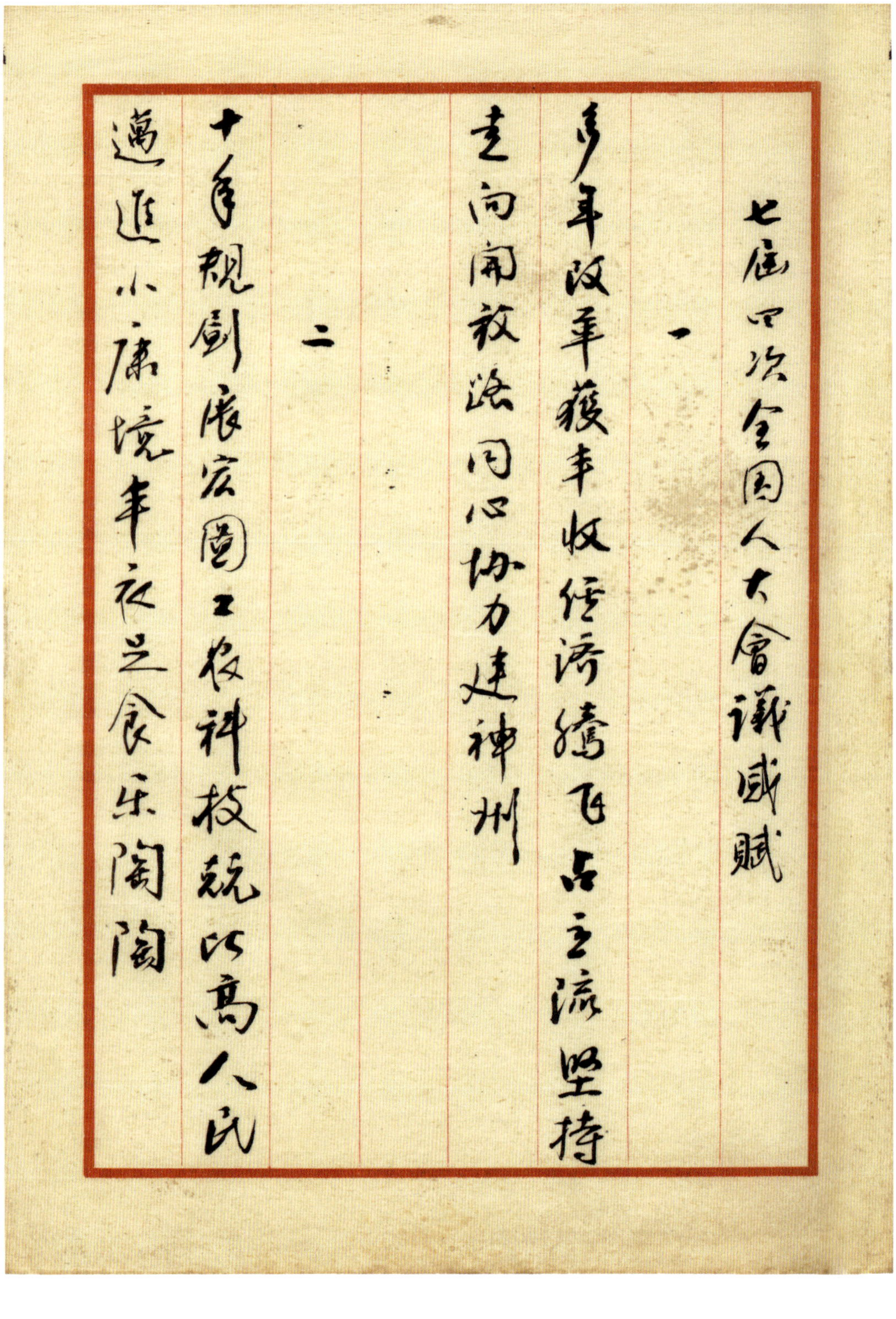

七屆四次全國人大會議感賦

一

多年改革獲豐收
經濟騰飞占主流
堅持走向開放路
同心協力建神州

二

十年規劃展宏圖
工農科技競比高
人民邁進小康境
豐衣足食乐陶陶

七届四次全国人大会议感赋

一

多年改革获丰收，经济腾飞占主流。
坚持走向开放路，同心协力建神州。

二

十年规划展宏图，工农科技竞比高。
人民迈进小康境，丰衣足食乐陶陶。

◆ 注：第七届全国人大第四次会议于1991年3月在北京召开。会议审议批准了国务院提出的《国民经济和社会发展十年规划和第八个五年规划纲要》。

三

文明建设两手抓，精神物質綻新花。增強國力安天下，和平統一振中華。

三

文明建设两手抓，精神物质绽新花。
增强国力安天下，和平统一我中华。

憶江南

一九九二年给香港友人

香江好
东方一明珠
繁華璀璨呈異彩
商旅雲集盡歡愉
美景不勝書

忆江南

一九九二年给香港友人

香江好，
东方一明珠，
繁华璀璨呈异彩，
商旅云集尽欢愉，
美景不胜书。

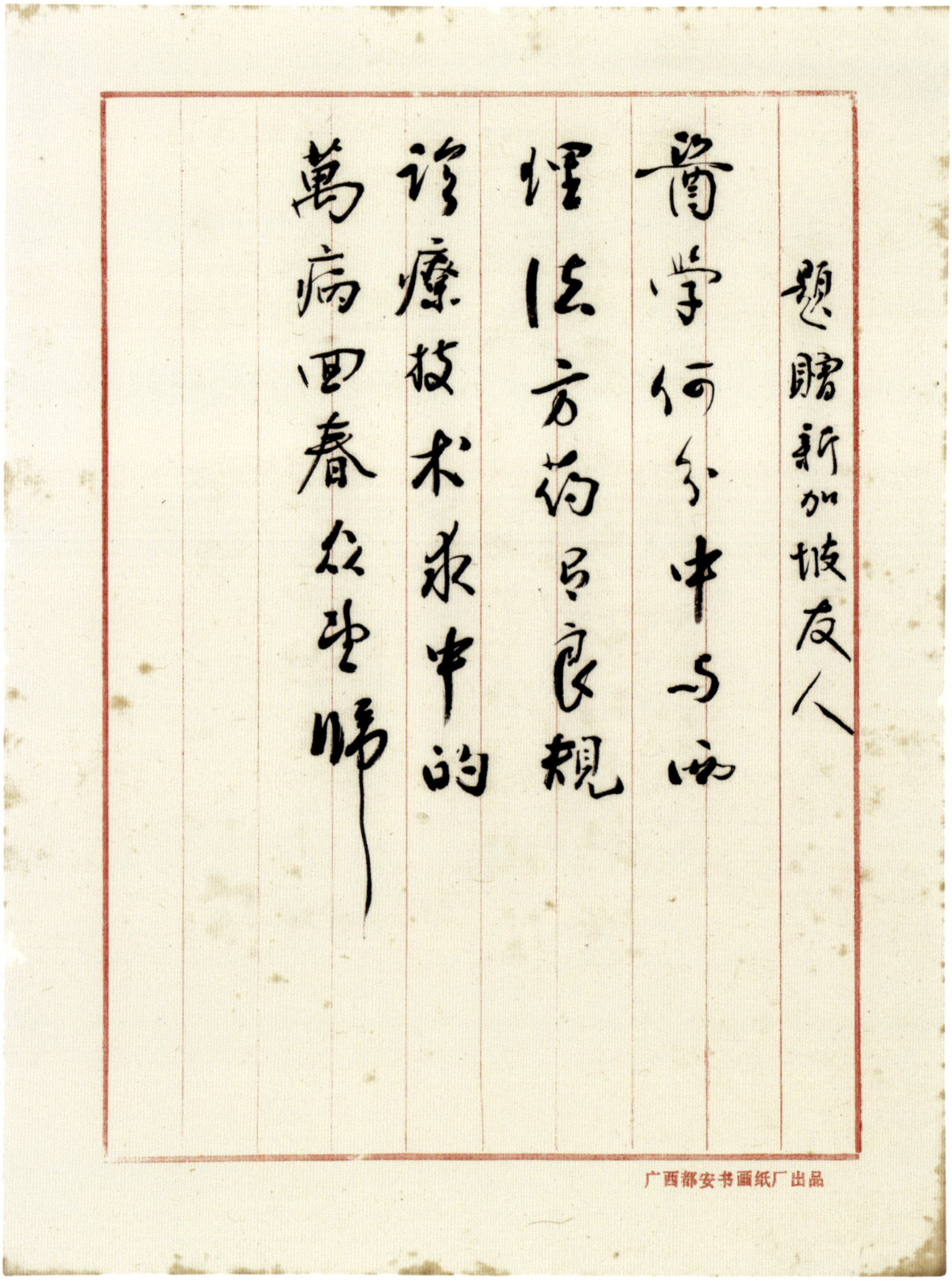

题赠新加坡友人

醫学何分中与西
理法方藥只良規
診療技术求中的
萬病回春众望歸

题赠新加坡友人

医学何分中与西？理法方药有良规。
诊疗技术求中的，万病回春众望归。

重返樵岭碧云村

昔年曾在樵山住今日重来感慨多旧梦纷繁萦脑海浓情虚掷悔当初

女儿结婚十周年志庆 一九九三年十月一日

结缡庆十载欢乐共衔杯教育儿孙事相与力栽培

重述樵岭碧云村

昔年曾在樵山住，今日重来感慨多。
旧梦纷繁萦脑海，浓情虚掷悔当初。

女儿结婚十周年志庆

一九九三年十月一日

结褵庆十载，欢乐共衔杯。
教育儿孙事，相予力栽培。

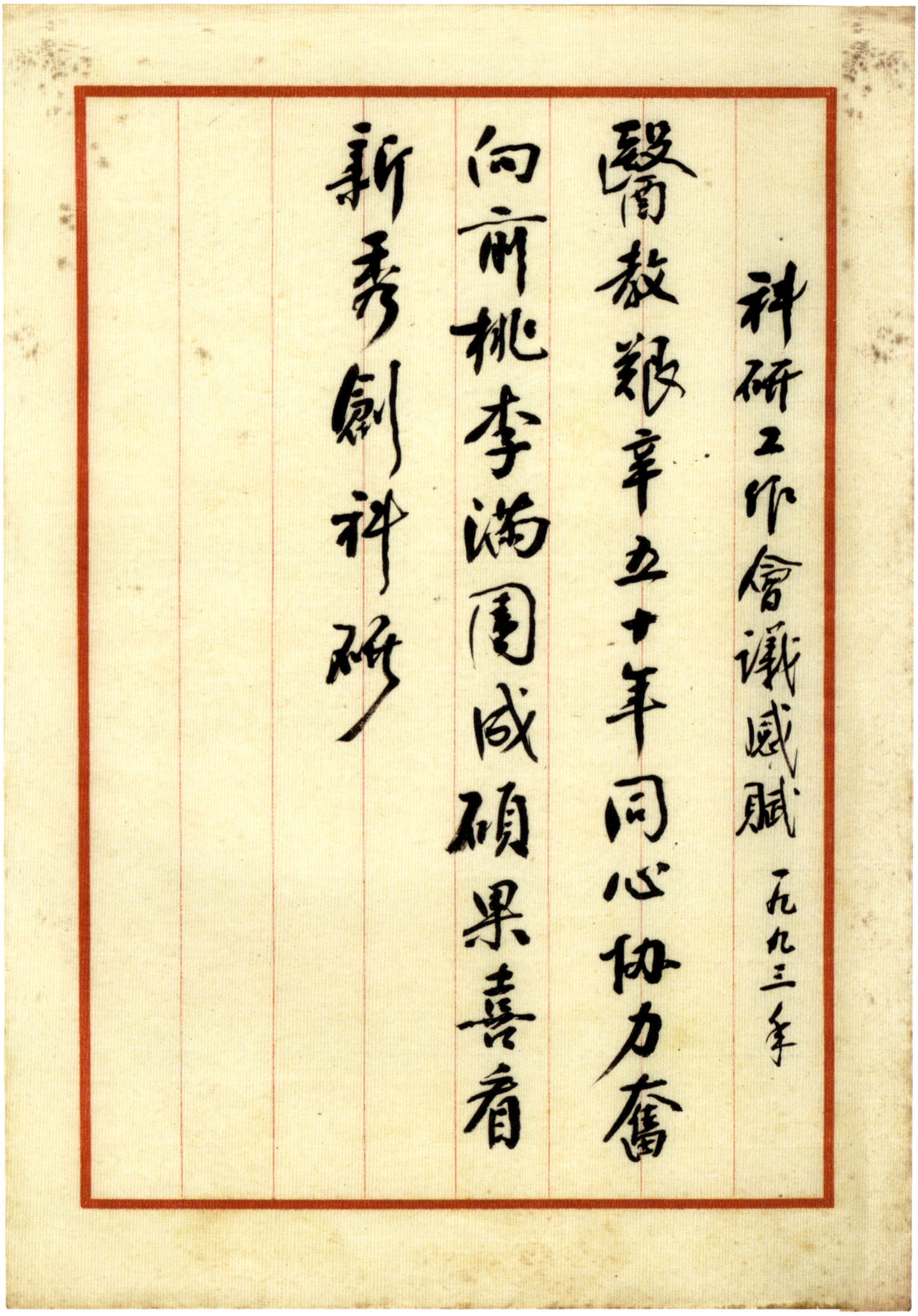

科研工作會議感賦 一九九三年

醫教艱辛五十年
同心協力奮向前
桃李滿園成碩果
喜看新秀創科研

科研工作会议感赋

一九九三年

医教艰辛五十年，同心协力奋向前。
桃李满园成硕果，喜看新秀创科研。

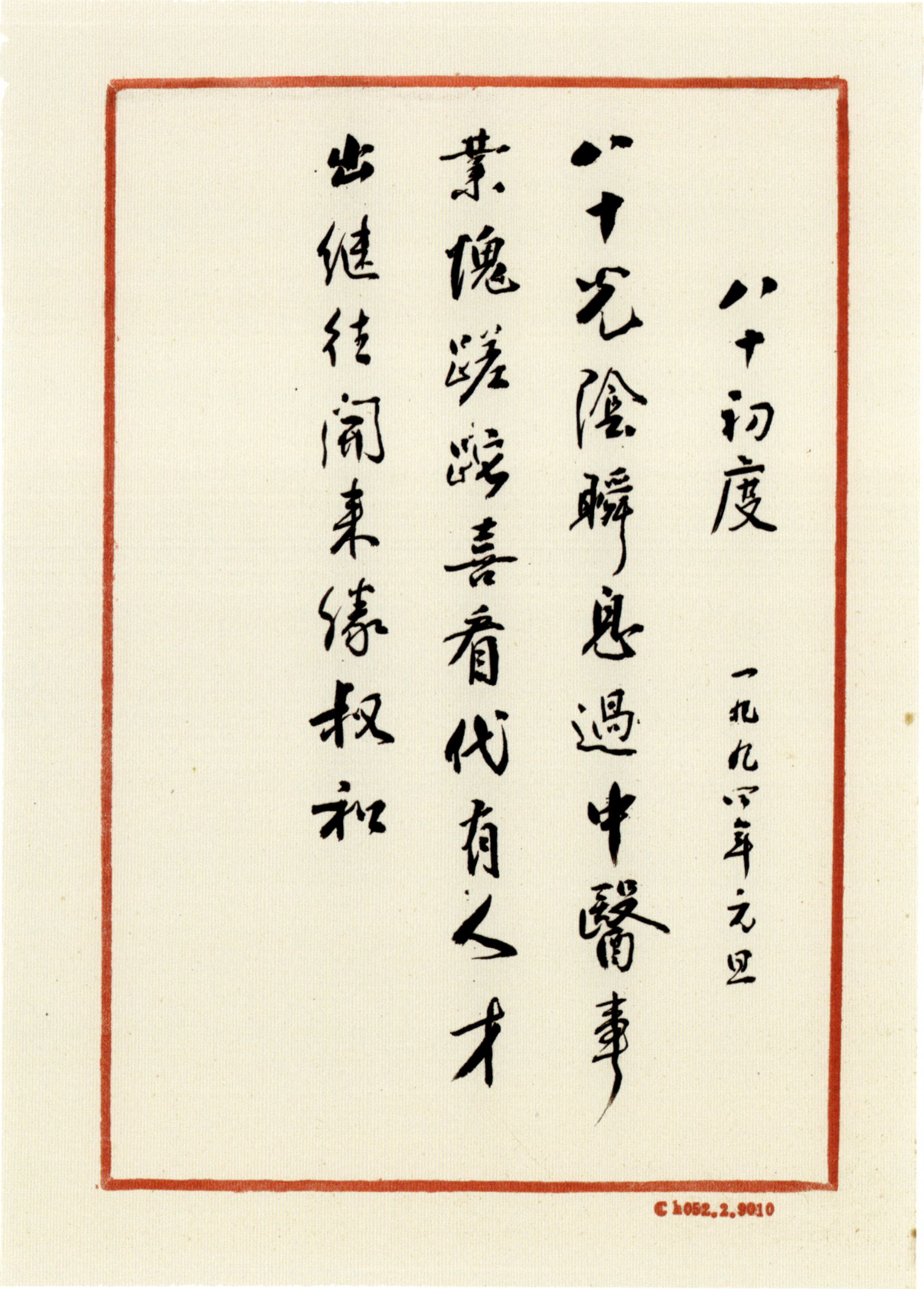
八十初度
八十光陰瞬息過中醫事
業愧蹉跎喜看代有人才
出繼往開來緣权和
一九九四年元旦

八十初度

一九九四年元旦

八十光阴瞬息过，中医事业愧蹉跎。
喜看代有人才出，继往开来胜叔和。

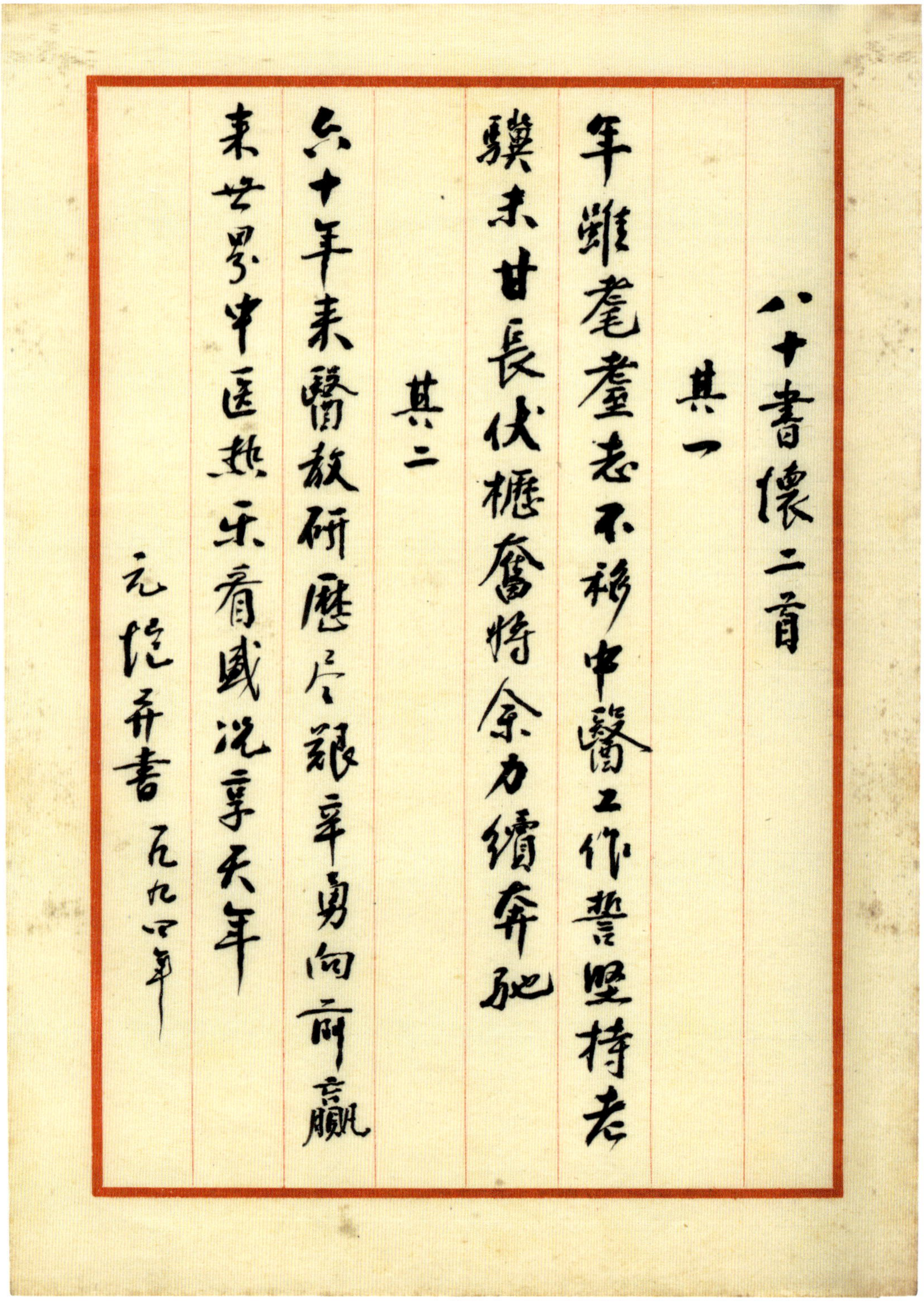

八十書懷二首

其一

年雖耄耋志不移
中醫工作誓堅持
老驥未甘長伏櫪
奮將余力續奔馳

其二

六十年來醫教研
歷尽艱辛勇向前
贏來世界中醫熱
樂看盛況享天年

元愷并書 一九九四年

八十书怀二首

其一

年虽耄耋志不移，中医工作誓坚持。
老骥未甘长伏枥，奋将余力续奔驰。

其二

六十年来医教研，历尽艰辛勇向前。
赢来世界中医热，乐看盛况享天年。

元恺并书　一九九四年

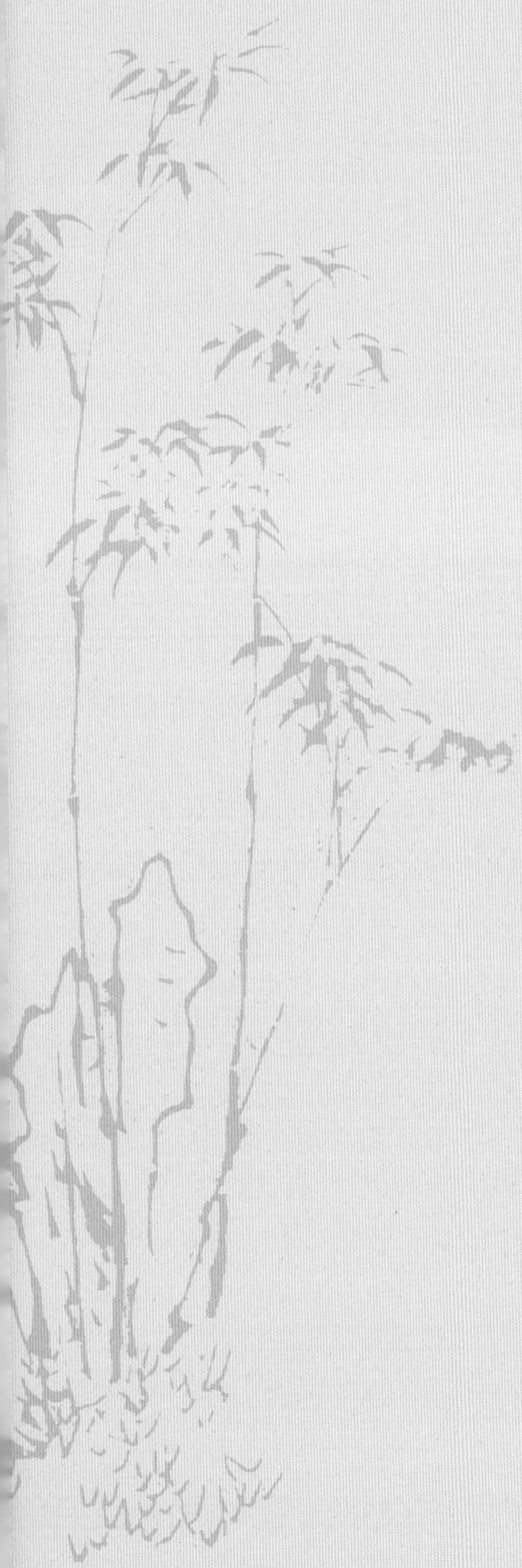

第二部分

亲友情深

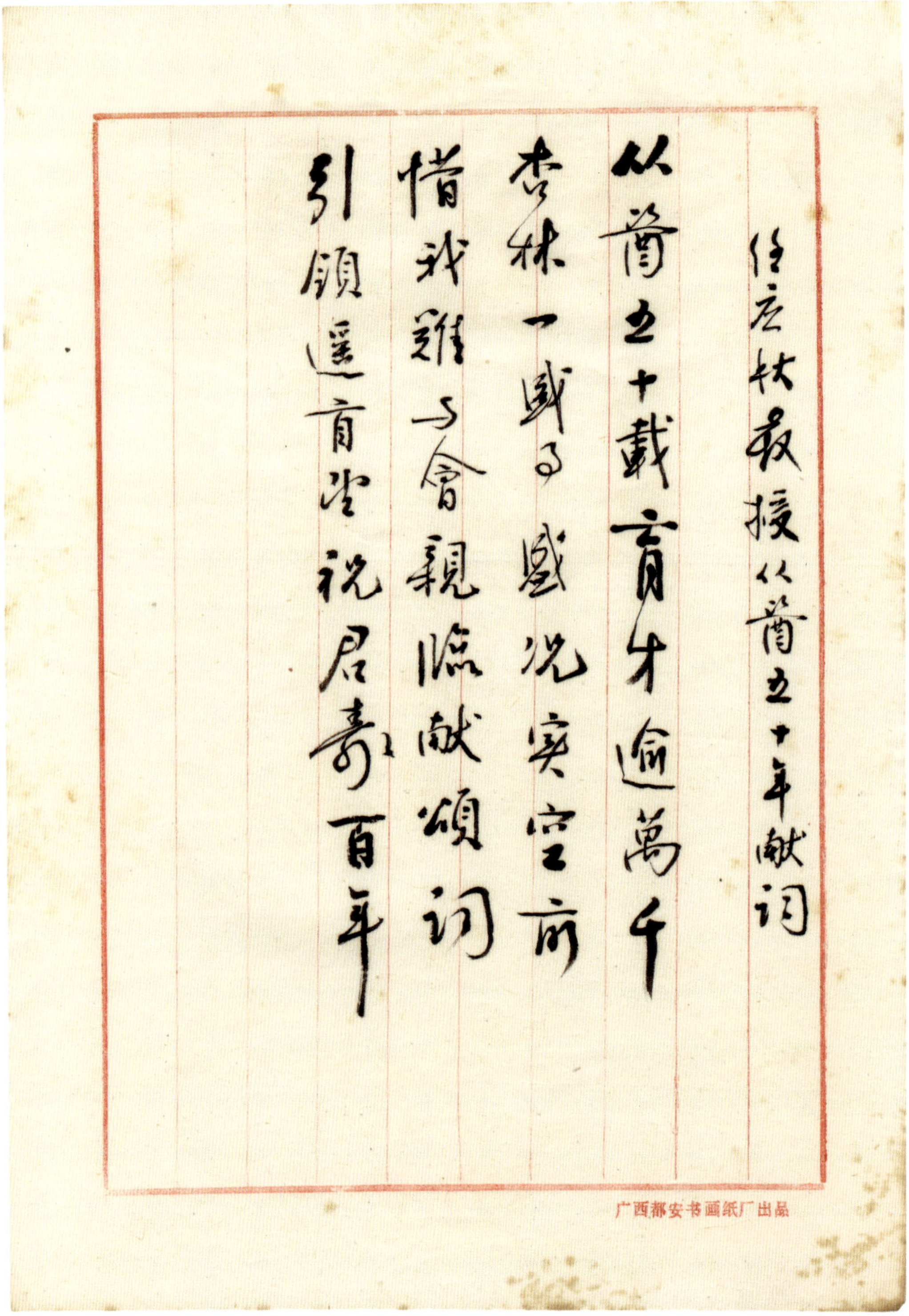

任应秋教授从医五十年献词

从医五十载，育才逾万千。
杏林一盛事，盛况实空前。
惜我难与会，亲临献颂词。
引领遥首望，祝君寿百年。

广西都安书画纸厂出品

任应秋教授从医五十年献词

从医五十载，育才逾万千。
杏林一盛事，盛况实空前。
惜我难与会，亲临献颂词。
引领遥首望，祝君寿百年。

◆ 注：任应秋（1914—1984），著名中医学家、中医教育家，北京中医学院教授，《中医各家学说（供中医专业用）》四版教材主编，“中医五老上书”的代表人物。

和百昊老中醫（一）

傳經不遠三千里
靡分南北與西東
老當益壯堪欽佩
羊城冬暖喜相逢

广西都安书画纸厂出品

和百灵老中医（一）

传经不远三千里，靡分南北与西东。

老当益壮堪钦佩，羊城冬暖喜相逢。

◆ 注：韩百灵（1909—2010），著名中医妇科学家，黑龙江中医药大学教授，龙江韩氏妇科流派代表性医家。韩氏妇科与罗氏妇科齐名，素有“南罗北韩”之称。罗元恺教授主编《中医妇科学》第五版教材时，特邀请韩百灵教授做主审专家。他们在广州讨论教材，互致诗词。

和百岁老中医(二)

南北风光同样好
满园桃李已成阴
岐黄学术传寰宇
训诲谆谆见赤忱

广西都安书画纸厂出品

和百灵老中医（二）

南北风光同样好，满园桃李已成阴。
岐黄学术传寰宇，训诲谆谆见赤忱。

悼念興華業餘中醫学校〻長李仲守
教授逝世

振奋岐黄振興華
捐資興学志堪嘉
心賴我公圖发展
醫壇不幸折奇葩

广西都安书画纸厂出品

悼念兴华业余中医学校校长李仲守教授逝世

振奋岐黄办兴华，捐资兴学志堪嘉。
正赖我公图发展，医坛不幸折奇葩。

◆ 注：李仲守（1909—1984），著名中医学家，广州中医学院教授，中国民主同盟盟员。与罗元恺等知名教授创办兴华业余中医学校并任校长。该校面向社会招生，主要由广州中医学院的教师授课，许多学员通过自学考试获得中医助理医师资格。

赠沛坚君

醫學無分中與西理法方藥是良規
辨病辨証療效好術精內外起垂
危

赠沛坚君

医学无分中与西，理法方药是良规。
辨病辨证疗效好，术精内外起垂危。

◆ 注：陈沛坚，广州中医药大学中西医结合内科专家。1987年，由陈镜合、陈沛坚、程方等主编的《当代名老中医临证荟萃》在广东科技出版社发行。陈沛坚老师请罗元恺教授题写书名。罗老有感于陈沛坚老师西医学习中医的热忱，乃题诗相赠。

观文觉非从艺六十年师徒演出會喜賦

一代宗师文艺人
演来樣樣總傳神
十年浩劫逃厄運
留得青山海后生

广西都安书画纸厂出品

观文觉非从艺六十年师徒演出会喜赋

一代宗师老艺人，演来样样总传神。
十年浩劫逃厄运，留得青山诲后生。

◆ 注：文觉非（1913—1997），著名粤剧艺术家，国家一级演员。1988年在广州、顺德举办“文觉非从艺六十年师徒演出晚会”，并出版画册。

送頊平赴美進修（一）

展翅騰飛萬里行
多聞博識可潤身
中華兒女多英俊
科技新峰競攀登

送颂平赴美进修（一）

展翅腾飞万里行，多闻博识可润身。
中华儿女多英俊，科技新峰竞攀登。

◆ 注：罗颂平是罗元恺的独生女儿，继承父业，攻读硕士研究生期间师从罗元恺教授，毕业后在1988年获卫生部资助赴美国芝加哥做访问学者，1989年回国。

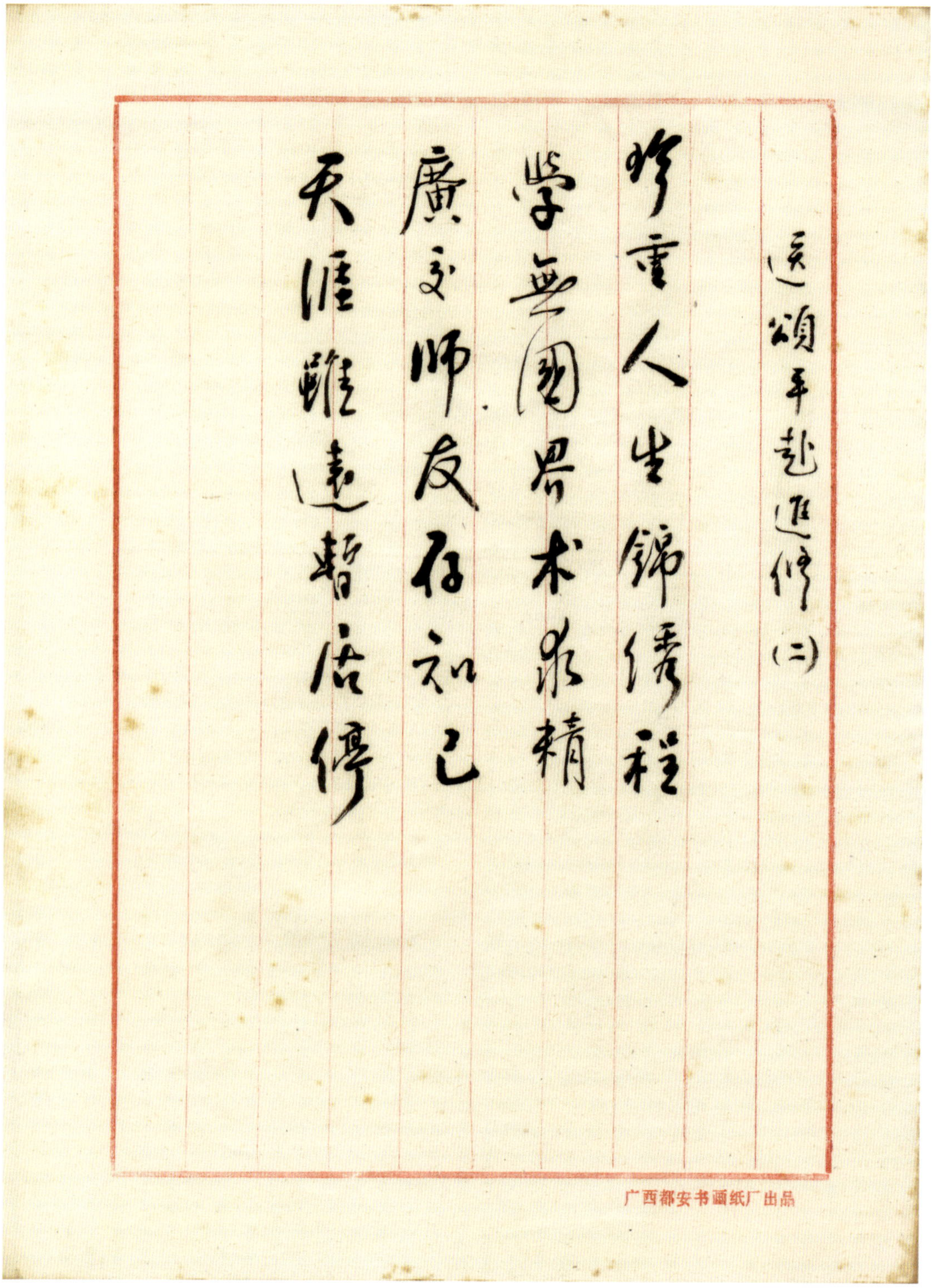

送頌平赴進修（二）

珍重人生錦繡程
學無國界術求精
廣交師友存知己
天涯雖遠暫居停

广西都安书画纸厂出品

送颂平赴美进修（二）

珍重人生锦绣程，学无国界术求精。
广交师友存知己，天涯虽远暂居停。

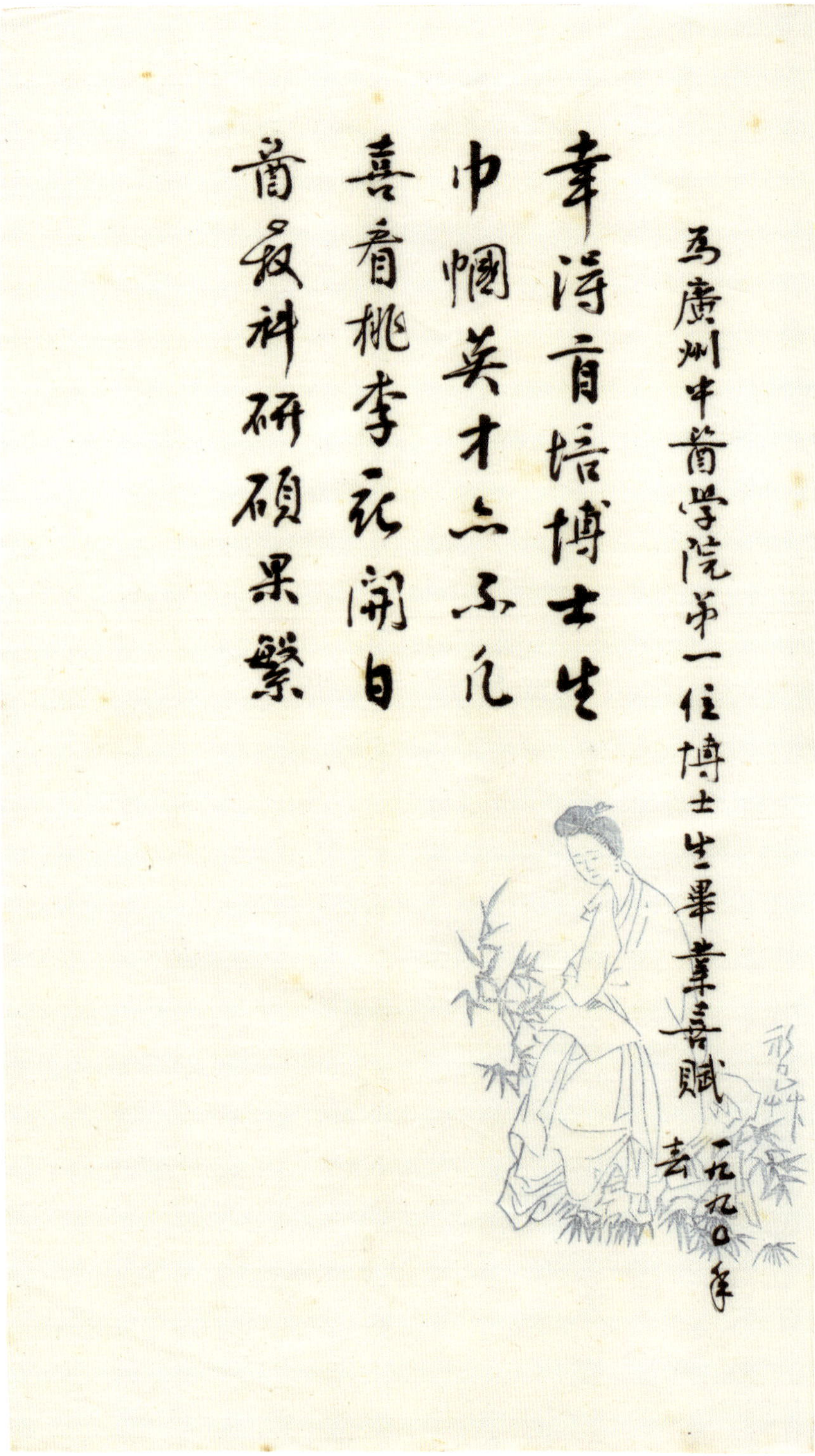
爲廣州中醫學院第一位博士生畢業喜賦
幸得育培博士生
巾幗英才亦不凡
喜看桃李花開日
醫教科研碩果繁
一九九〇年
去

为广州中医学院第一位博士生毕业喜赋

一九九〇年春

幸得首培博士生，巾帼英才亦不凡。
喜看桃李花开日，医教科研硕果繁。

◆ 注：中医妇科学是广州中医学院首个博士学位授权点，罗元恺教授为该校第一位博士生导师，他的博士生郑国平于1987年入学，1990年毕业并获得博士学位，是该校的首位博士生。

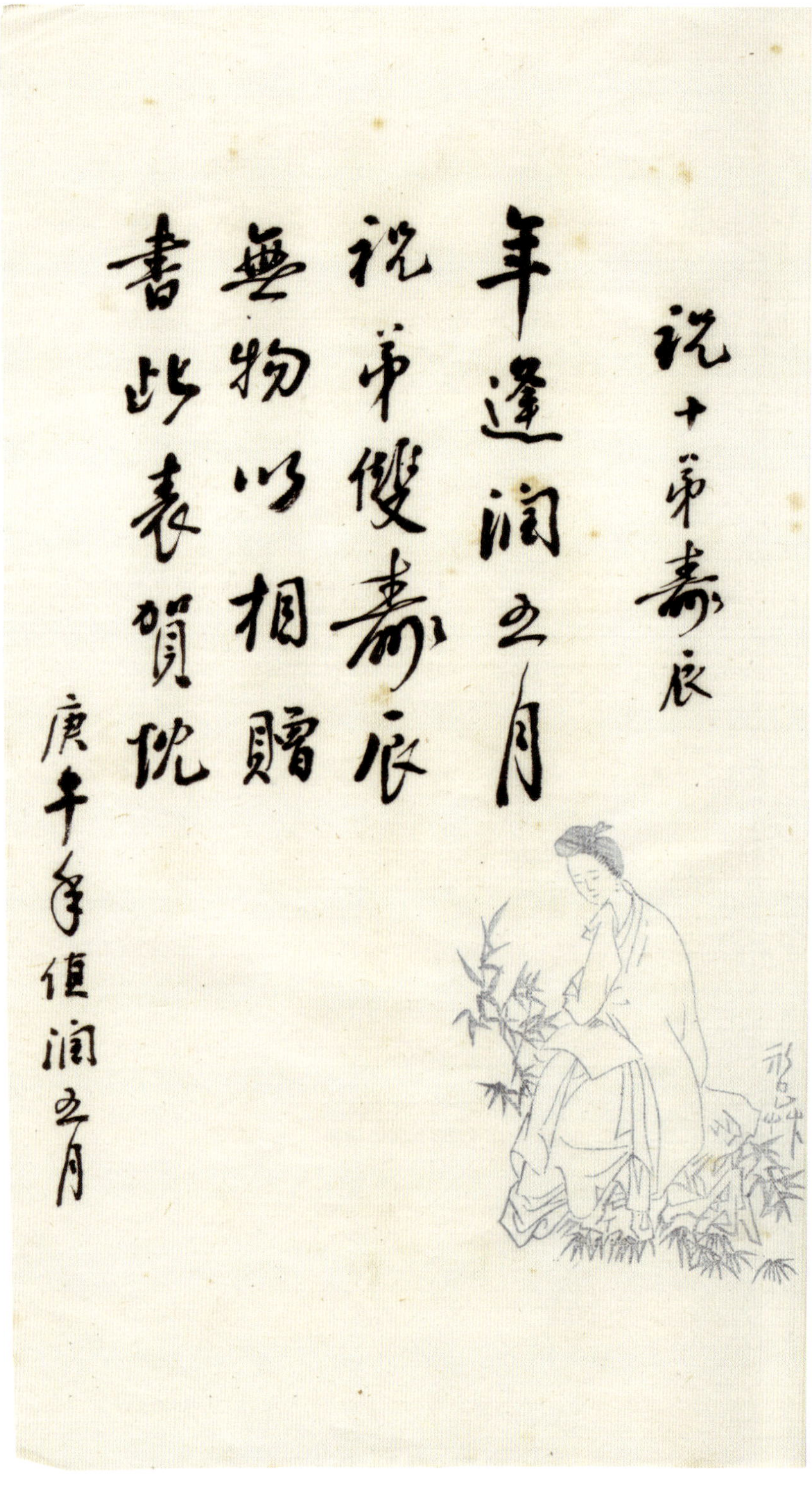

祝十弟壽辰

年逢潤五月
祝弟雙壽辰
無物以相贈
書此表賀忱

庚午年值潤五月

祝十弟寿辰

年逢闰五月，祝弟双寿辰。
无物以相赠，书此表贺忱。

庚午年值闰五月

◆ 注：1990年为庚午年，农历闰五月。罗元恺之弟罗致先生为农历五月生日。

傷逝　庚午季端午國禧賦此

四十八年難過去
難忘倭寇占羊城
端午竟成交哀日
窮愁悲慘哭無聲

伤逝

庚午年端午感旧赋此

四十八年虽过去，难忘倭寇占羊城。
端午竟成父丧日，穷愁悲惨哭无声。

◆ 注：抗日战争时期，广州、香港相继被日军占领，1942年初，罗元恺与家人从香港辗转前往粤北，途中，其父亲与幼弟染疾，父亲年事已高，不堪辛劳与疾病，在当年的端午节病逝。

忆江南

离别后，得间暂归家，父母弟兄同饮膳，天伦欢乐笑哈哈，欣慰话桑麻。

忆江南

离别后，
得闲暂归家，
父母弟兄同叙晤，
天伦欢乐笑哈哈，
欣慰话桑麻。

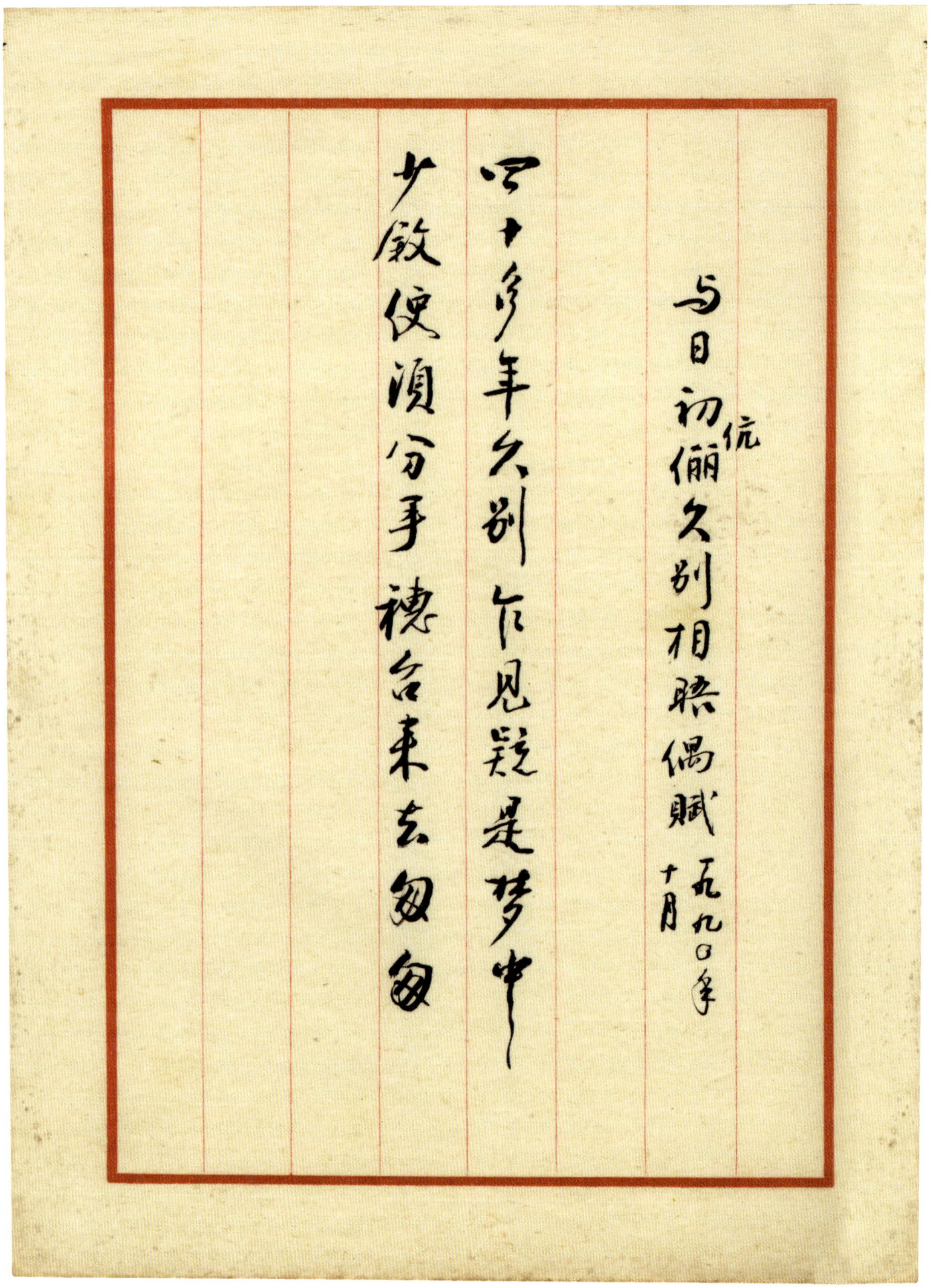

与日初伉俪久别相聚偶赋 一九四〇年十月

四十多年久别 乍见疑是梦中
少叙便须分手 穗台来去匆匆

与日初伉俪久别相晤偶赋

一九九〇年十月

四十多年久别，乍见疑是梦中。
少叙便须分手，穗台来去匆匆。

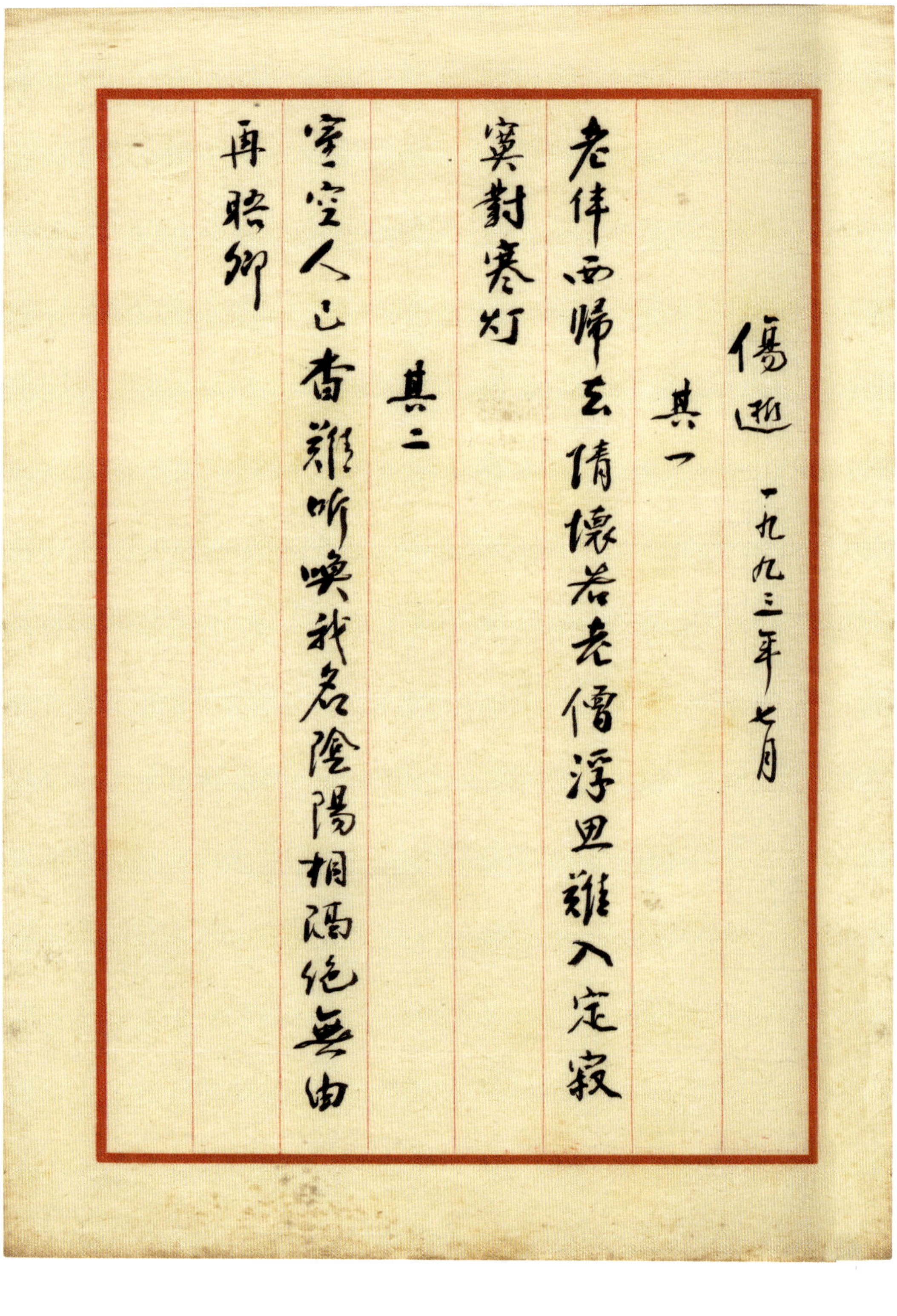
傷逝 一九九三年七月

其一

老伴西歸去
情懷若老僧
浮思難入定
寂寞對寒灯

其二

室空人已杳
難听喚我名
陰陽相隔绝
無由再聆卿

伤逝

一九九三年七月

其一

老伴西归去，情怀若老僧。
浮思难入定，寂寞对寒灯。

其二

室空人已杳，难听唤我名。
阴阳相隔绝，无由再晤卿。

其三

梦醒惊沉静万籁寂无声今人再共语犹坐待天明

其四

自汝离去后子婚已归来生活还谐乐泉下笑颜开

其五

犹行独坐还独眠楼空室空巢也空五年

其三

梦醒惊沉静，万籁寂无声。
乏人再共语，独坐待天明。

其四

自汝离去后，子婿已归来。
生活还谐乐，泉下笑颜开。

其五

独行独坐还独卧，楼空室空巢也空。

◆ 注：罗元恺夫人廖锦华于1993年6月病逝于广州。

廖锦华女士患病住院期间，其女婿尚在美国进修，返回时岳母已去世。

多年同甘苦往事髣如一梦中

五十多年同甘苦，往事仿如一梦中。

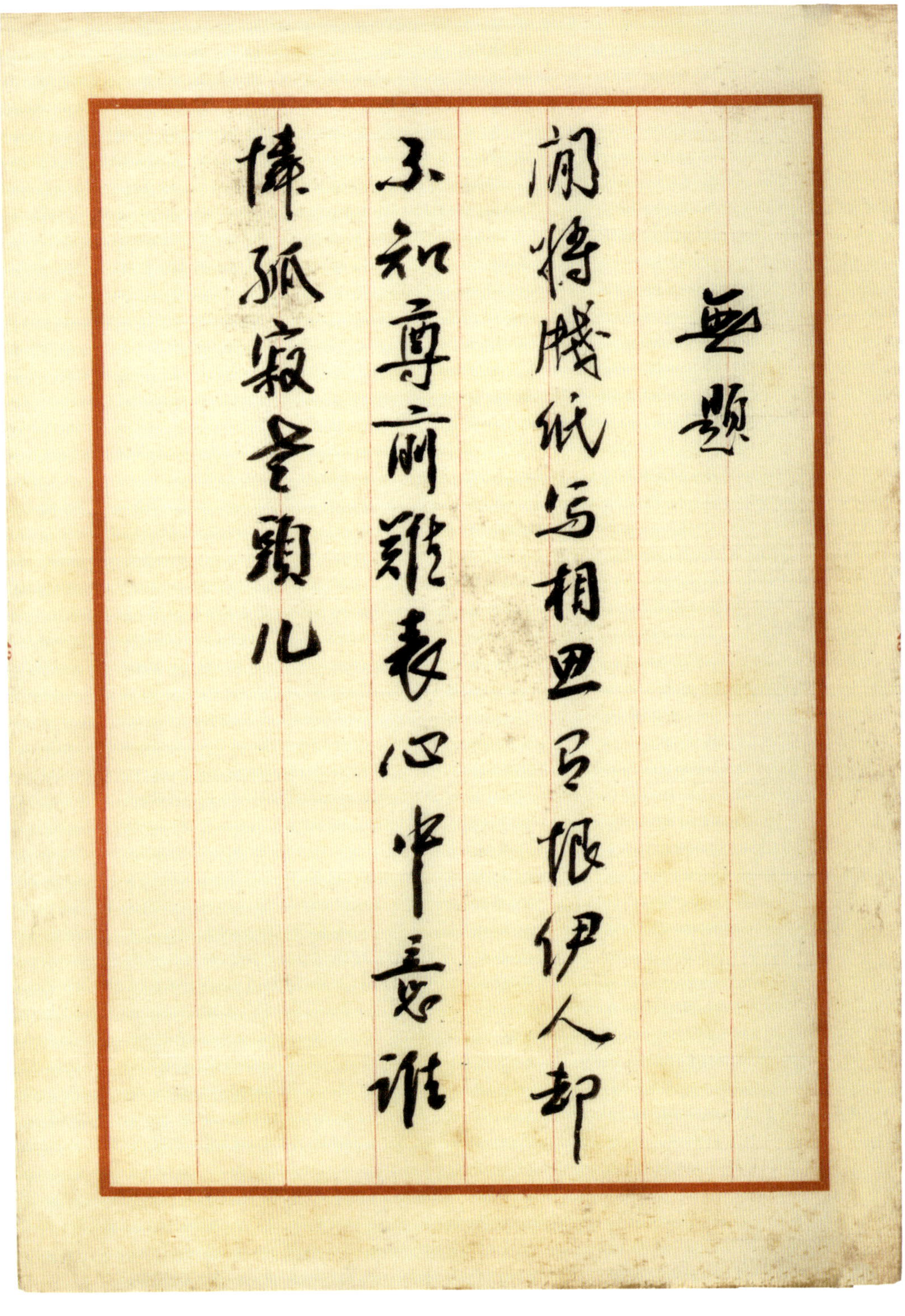

無題

閒將牋紙寫相思只恨伊人却
不知尊前難表心中意誰
憐孤寂老頭兒

无题

闲将笺纸写相思，有恨伊人却不知。
尊前难表心中意，谁怜孤寂老头儿？

第三部分

闲情逸致

偶成

生年滿七十
常懷百歲憂
國了多騰折
家了亦未休
道路何艱阻
壯志定難酬
嗟我年已暮
無緣創新猷
何處桃源塢
生活得優悠

广西都安书画纸厂出品

偶成

生年满七十，常怀百岁忧。
国事多腾折，家事亦未休。
道路何艰阻，壮志寔难酬。
嗟我年已老，无复创新猷。
何处桃源坞？生活得优悠。

闲居

晚年唯好静　寂坐览诗词
书法聊消遣　字体任由之
七十纵心欲　俗念却难除
寻得深山去　寿考更可期

闲居

晚年唯好静，寂坐览诗词。
书法聊消遣，字体任由之。
七十从心欲，俗念却难除。
寻得深山去，寿考更可期。

閒居

斗室小天地
盘桓在此间
閒来書作伴
寂静度餘生

闲居

斗室小天地，盘桓在此间。
闲来书作伴，寂静度余生。

書齋偶題

室雅何需更廣寬
盆栽花木滿欄干
閒時且把诗書讀
尋来佳句百回看

书斋偶题

室雅何需更广宽，盆栽花木满栏干。
闲时且把诗书读，寻来佳句百回看。

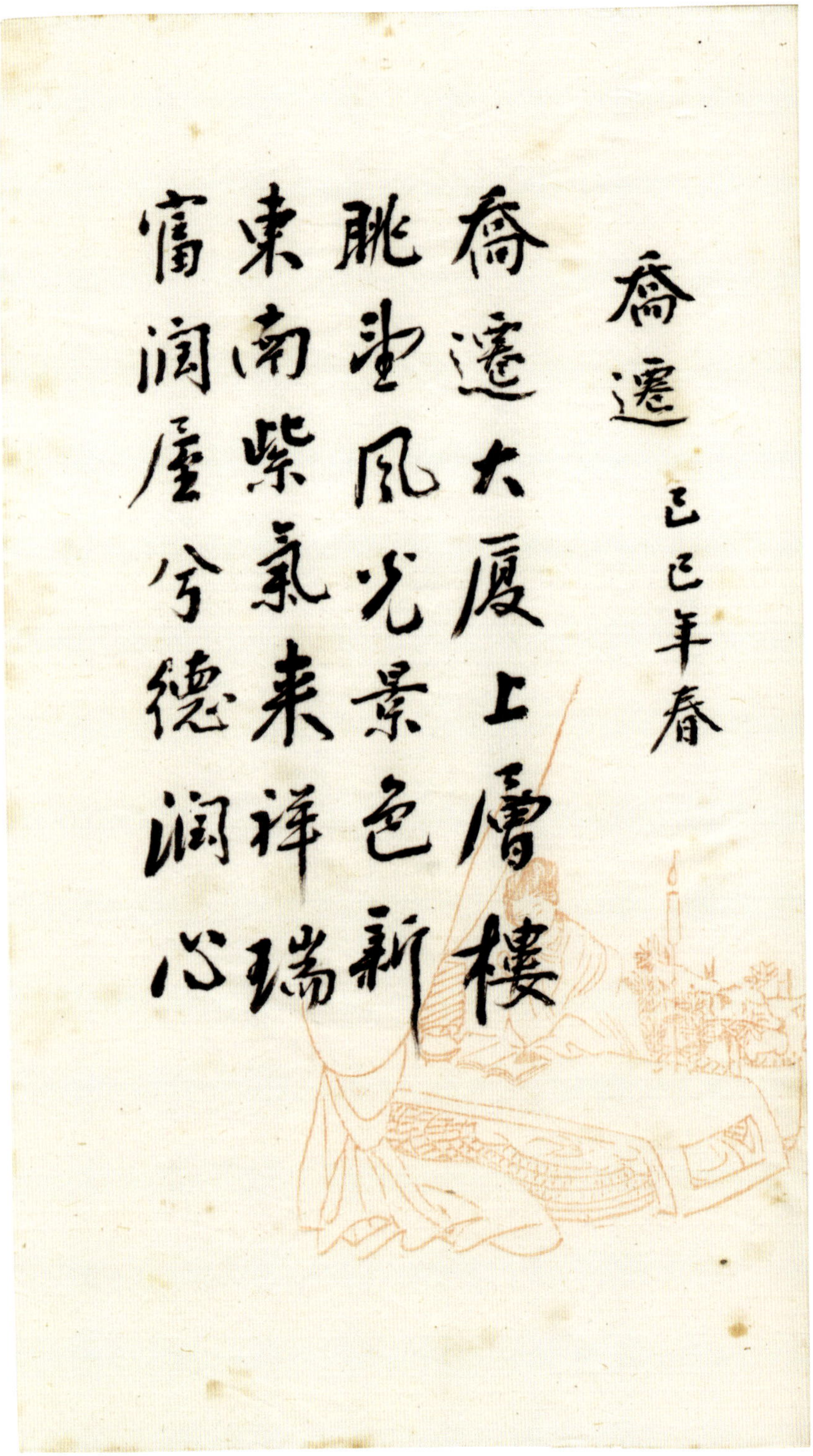

喬遷

己巳年春

喬遷大廈上層樓
眺望風光景色新
東南紫氣来祥瑞
富潤屋兮德潤心

乔迁

己巳年春

乔迁大厦上层楼，眺望风光景色新。
东南紫气来祥瑞，富润屋兮德润心。

懷舊

吳江離別后
戰亂突來臨
從茲無信息
芳踪何處尋

怀旧

香江离别后，战乱突来临。
从兹无信息，芳踪何处寻？

無題

少年氣盛好爭名
老來寂靜愛無聲
小事化无大化小
得安寧處且安寧

无题

少年气盛好争名，老来寂静爱无声。
小事化无大化小，得安宁处且安宁。

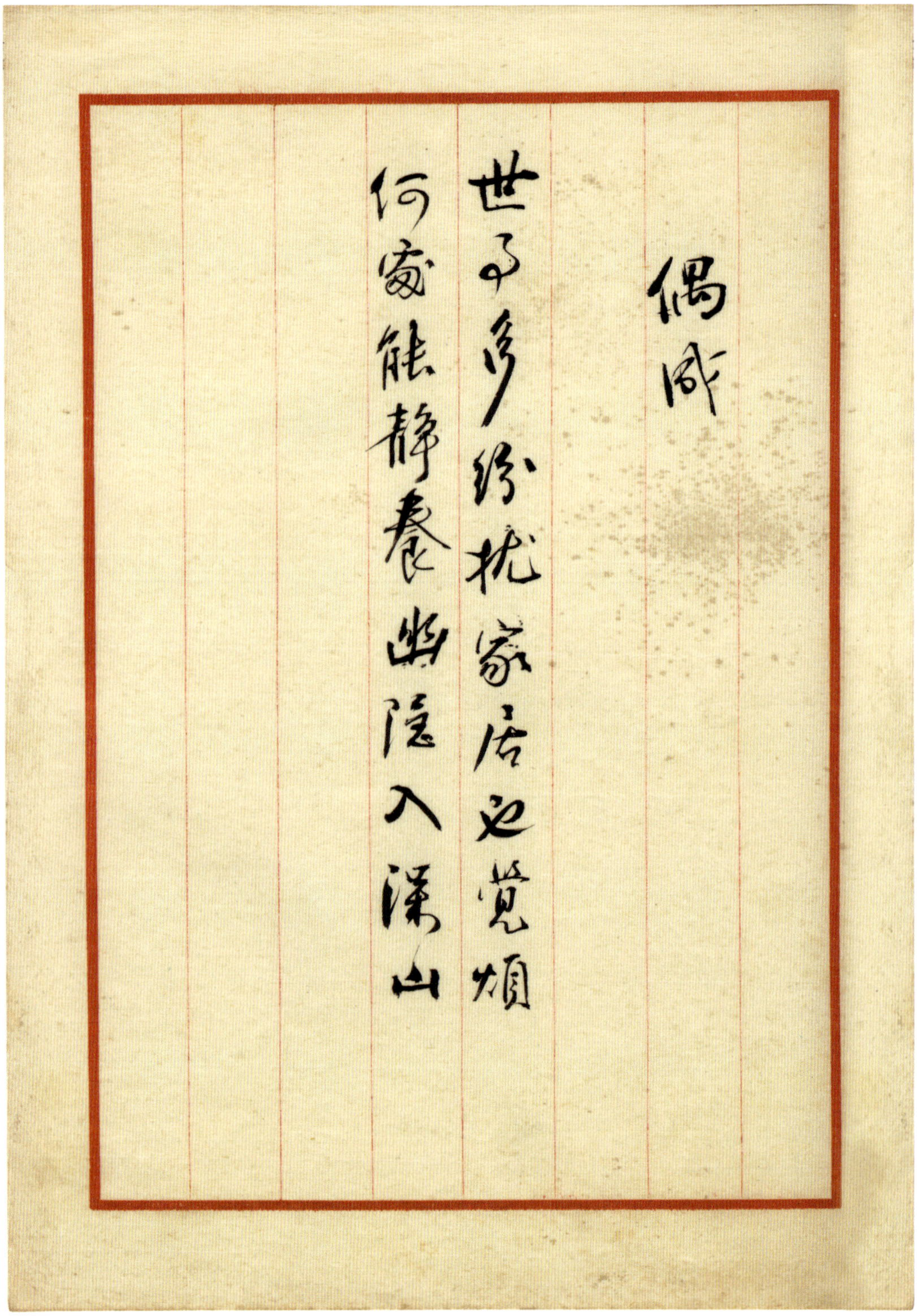

偶感

世事多紛擾家居也覺煩
何處能靜養幽隱入深山

偶成

世事多纷扰，家居也觉烦。
何处能静养，幽隐入深山。

咏雪 一九九一年于北京

雪花飞舞满京城，纷纷飘落细无声。
淡装素裹呈新貌，玉洁冰清令晶莹。

咏雪

一九九一年于北京

雪花飞舞满京城，纷纷飘落细无声。
淡妆素裹呈新貌，玉洁冰清尽晶莹。

后记

先父罗元恺教授从医从教六十年，毕生为中医事业而奋斗，勤于著述，精于临证，桃李满园。他以医名世，以医著传人，以学问为后学乐道。然而，他在行医任教之余，还喜欢舞文弄墨，写诗填词，以诗言志，以诗会友。一有空闲，就铺纸研墨，用毛笔把自己的诗词写在宣纸的信笺上。《诊余诗钞》就是他的诗词抄本。除此之外，他还喜欢抄写古代诗词歌赋，包括《木兰辞》、部分唐诗、宋词等。

父亲仙逝之后，整理他的遗稿以及案例、讲义等，已出版《罗元恺妇科学讲稿》《罗元恺妇科经验集》和《中国百年百名中医临床家丛书·罗元恺》；撰著《中华中医昆仑·罗元恺卷》；主编《全国中医妇科流派研究》；参编《全国中医妇科名家经验心悟》。在先父百年诞辰的2014年，廖雅琪教授撰著《中医教育家罗元恺教育思想研究》。2019年整理出版了《广府罗氏妇科世家》。上述书稿均为学术著作。

挖掘整理岭南罗氏妇科的学术经验与诊疗特色，2012年岭南罗氏妇科流派传承工作室成为国家中医药管理局首批中医学术流派传承工作室之一，在第一轮建设阶段，岭南罗氏妇科流派在广东和香港设立6个传承工作站，培养了第四代传承人和后备传承人，以优秀的成绩通过验收。2019年工作室被纳入国家中医药管理局学术流派传承工作室第二轮建设，再新增广东、青海、香港和北美等4个传承工作站。“岭南罗氏妇科诊法”先后获得广州市、广东省非物质文化遗产项目认定，并通过“岭南罗氏妇科论坛”“岭南中医科普大讲坛”等形式在各种新媒体进行传播与推广，在国内外产生较大的影响。

近期，由于医院院史馆的建设需要收集名医手稿，我再次翻出了父亲的《诊余诗钞》，重读尘封多年的近百首诗词，父亲的音容宛在，往事历历在目，殷殷嘱咐，深深期盼，家国情怀跃然纸上！我仿佛看到父亲在云端关注着，时而欣喜，时而担忧……

“捧着一颗心来，不带半根草去。”先父把一生奉献给中医事业，不仅留下丰富的学术专著，也留下了近百首诗词。他虽不是诗人，也不是书法家，但通过他的诗词手稿，读者可以体会到一位名医的家国情怀，感受到一位老中医对亲人、同道、朋友的一片真情，欣赏到一位学者、长者的书法。

感谢广州中医药大学第一附属医院院长冼绍祥教授的鼓励，让我把父亲的诗词手稿整理出版！感谢我校刘小斌教授作序！并感谢南方日报出版社的精心设计，给读者呈现一部精美的书册！

罗颂平谨志

壬寅年初夏于羊城